SEGAR A LOS MUERTOS

COLECCIÓN CANIQUÍ

EDICIONES UNIVERSAL. Miami, Florida, 1980

MATIAS MONTES HUIDOBRO

SEGAR A LOS MUERTOS

(Novela)

P.O. BOX 450353 (Shenandoah Station)
Miami - Florida - 33145 U.S.A.

© Copyright 1980 by Matías Montes Huidobro

Portada por Ana María Montes

LIbrary of Congress Catalog Card Number: 79-51343

ISBN: 0-89729-227-8

Depósito Legal: B. 33.283-1978

Printed in Spain   *Impreso en España*

Impreso en el complejo de Artes Gráficas MEDINACELI, S.A.
Pi i Maragall, 53. Barcelona-24 (España)

AL PIE DE LA LETRA

En 1950 se publica en *Bohemia* mi cuento *El hijo noveno*. En ese mismo año surge una revista de corta duración, *Nueva Generación*, entre cuyos fundadores estaban Carlos Franqui y Cabrera Infante. También participo en la aventura y allí, en el mismo año, sale otro cuento mío, «Abono para la tierra». En el número de septiembre de la *Revista del Ministerio de Educación* aparece «Los ojos en los espejos». No publico ningún otro cuento (aunque los escribo) hasta que Guillermo Cabrera Infante hace aparecer en *Carteles*, en 1956, «La constante distancia», acompañado del siguiente comentario:

> ¿En qué consiste la originalidad de Matías Montes? En una decidida intención de tomar de la realidad segmentos casi absurdos, para luego organizarlos en un orden veraz. Quizás esto lo acerque a Kafka, pero es un acercamiento «a posteriori», pues ya Montes trabajaba en sus cuentos, poemas y piezas de teatro de esa manera, mucho antes de que Kafka estuviera de moda. En «La constante distancia» hay una clara traslación cubana del viejo complejo de Electra. La hija, evidentemente enamorada de su padre distante, adopta ante su lejanía esa terrible forma de desdén ante el amor imposible que es el odio. Contado con una técnica morosa, demorada, en que cada parte de la verdad se conoce como en un rompecabezas cuyas piezas nos facilitarán poco a poco, la narración ofrece las dificultades de lo verdaderamente durable: las murallas son herméticas para protegerlas del tiempo, no de los invasores.[1]

No vuelvo a publicar ninguna narración hasta 1959. Carlos Franqui dirige *Revolución* y Cabrera Infante *Lunes de Revolución*. En el periódico sale «Las auras». En la *Revista de la Universidad de Las Villas* aparece en 1961 otro cuento, «Leandro». Con motivo de venir para los Estados Unidos hacia fines de 1961, no publico ninguna otra narración (aunque las escribo) hasta 1967. En el *Diario de las Amé-*

ricas (Miami: octubre 10, 1967) publican «Ratas en la Isla», que ya había sido publicado en inglés con el título de «Rats in the Island» (*The Husk*, Cornell College, Iowa, December 1966). Reúno varios cuentos en un libro, *La anunciación y otros cuentos cubanos* (Clemares: Madrid, 1967): «Las auras», «La constante distancia», «Leandro» (publicados antes), «El ofrecimiento», «La vida bajo las alas», «Muerte nueva en Verona» (escritos en Cuba), «Los indignados», (que no recuerdo donde lo escribí), «La anunciación», «Ratas en la isla», «Las islas» (escritos en Estados Unidos). Uno de ellos. «Los indignados», se publicará en inglés bajo el título de «The Angry Ones» (*Kapa*, University of Hawaii, Honolulu, Fall 1969). *La Prensa* de Buenos Aires comenta lo siguiente:

> Encontramos, como una de sus más señalables notas, un complejo juego de intuiciones y vivencias que definen el carácter incisivo, penetrante, de una fantasía rica que sabe trabajar, alquilatarándolos, los datos aportados por el subsuelo de la conciencia... El ambiente, ciertos detalles del lenguaje y acaso algún particularismo del carácter, definen el cubanismo de esos cuentos, proclamado en el subtítulo del libro; pero ellos son, sin embargo, universales gracias a los problemas anímicos de que se nutren. Tanto el tratamiento como la escritura denuncian al cuentista de raza que sin duda es Montes Huidobro. Acerca de esto último cabe apuntar que la brevedad —conseguida sobre la base de la calculada eliminación de todo lo accesorio y la conservación de lo verdaderamente esencial—, es a nuestro juicio uno de los más subrayables méritos técnicos. Para nuestro gusto, los mejores cuentos son «La constante distancia», «Leandro», «Ratas en la isla» —un sarcástico dardo arrojado contra la torcida dialéctica del régimen castrista— y el que otorga título al volumen.[2]

Siempre publica una reseña donde aparecen, entre otros, los siguientes comentarios:

> *La anunciación* es un libro fuerte porque es honesto, y, en la creación, como en todo, sólo tiene fuerza el acto honrado. En sus páginas se recurre a veces al símbolo —esa ayuda enorme e insustituible cuando se trata de expresar el supremo terror—, pero recordemos que los símbolos sobrepasan siempre al que los usa y le hacen decir más de lo que tiene conciencia de expresar...

Y agrega:

> Se trata, en el cuento principal que es el que le da título a la obra, del nacimiento de un hijo del Diablo. ¿Cómo en *Rosmary's Baby*? Mucho peor, ya que el autor se atreve a afirmar que «por intervención de la Iglesia, también (se cree) es hijo de Dios»... La historia

tiene caracteres fuertemente trazados, pero se borran y sólo queda él, el engendro.[3]

Julio Hernández-Miyares incluye «El regreso de los perros» y «Sin nada que hacer» en *Narraciones cubanas de hoy* (Ediciones Universal: Miami, 1975), que considera en el prólogo «cuentos superrealistas de simbología y léxico escabroso».[4]

En cuanto a la novela, en un número de *Lunes de Revolución* [5] donde se publica una obra teatral mía, se deja constancia de la existencia de *El muro de Dios*, todavía inédita, y anterior a 1959. Las dificultades editoriales me llevan a insistir en varios concursos literarios en España, a donde envío, bajo otro título, *Lamentación en tres estancias* (tercer lugar en el Planeta de 1970), inédita. También escribo *Los tres Villalobos* que, por no poder publicar secciono temporalmente. «El asesinato Koblanski-Villalobos» (*Chasqui*, Fall 1975) y «Cuentos de camino» (*Románica*, 1975) son en realidad fragmentos de esta novela. Finalmente, después de tres novelas terminadas pero inéditas, *Desterrados al fuego*, originalmente *Anoplurus Fénix*, queda en segundo lugar en un concurso auspiciado por el Fondo de Cultura Económica de México, convirtiéndose así en mi «primera novela» *publicada*: Fondo de Cultura Económica: México, 1975. El jurado, formado por Juan Goytisolo, Carlos Fuentes, Juan Rulfo, José Miguel Oviedo y Ramón Xirau, recomienda su publicación. Trancribo algunos comentarios que se han publicado sobre esta novela.

> ¿Cuáles son las metamorfosis a que obliga el exilio? ¿Qué queda de un ser humano cuando atraviesa por ese desacomodo básico que implica, casi siempre, la expatriación? ¿A qué se aferra —a qué debe aferrarse— un hombre cuando es trasplantado? ¿Cuáles son las estampas de ese arduo proceso que obliga a quemar naves y a ensayar el aclimatamiento a un medio desconocido? Estas preguntas no las formula ni las responde directamente Matías Montes Huidobro (cubano, autor dramático y ensayista) en sus *Desterrados al fuego*. Pero están latentes en el libro o, mejor, son el motor que lo mueve, el eje alrededor del cual se construye la entera narración. Una narración, adviértase desde ahora, que oficia como un acto sublimatorio, que reúne las características de una terapia. Estas precisiones importan porque informan sobre el hecho significativo que conviene destacar; aquí la novela asume la forma de una confesión, adopta los rasgos de una crónica personal, se aferra y circunscribe a una peripecia individual. Para acentuar hasta sus extremos esta estricta delimitación, el punto de vista es el del narrador/protagonista. En efecto, el autor es una presencia dominante y omnipresente que tiene en sus manos todos los hilos de lo que cuenta, que a veces puede parapetarse detrás de la ironía y tomar una calculada distancia de su asunto, que a veces apela

a la complicidad con el lector y entonces hace apartes y comentarios, que a veces (pocas veces) intenta desaparecer otorgando prioridad a lo que podría llamarse la dimensión fantástica u onírica. Esos procedimientos formales delatan, entre otras cosas, el afán testimonial de la obra: protagonista y testigo a la vez, Montes Huidobro asoma como alguien que quiere transmitir una experiencia vivida y, en el trámite, superarla o deshacerse de ella.[6]

Es la novela del exilio, del destierro, pero escrita desde un humor mágico —desde una especie de realismo mágico— donde no se sabe si admirar más la atmósfera narrativa o su plural e intensa técnica del relato. El hilo del humor se hermana al hilo de la angustia humana.[7]

Los factores históricos, económicos y sociales implícitos en las circunstancias vitales del narrador-protagonista son trascendidos en unas dimensiones psicológicas, ontológicas y finalmente religioso-místicas que universalizan el tema del exilio, aun dentro de referencias concretas a la situación cubana y a pesar de un lenguaje cargado de expresiones populares y coloquialismos que identifican la obra con la pluma de un escritor de indiscutible estirpe criolla... Para Montes Huidobro, en esta novela, el exilio adquiere un carácter parabólico del alma humana desarraigada y enajenada; el novelista rebasa lo circunstancial histórico para penetrar, con agudeza, en la esencia misma del fenómeno. La narración no se concentra en las condiciones exteriores de la vida del exiliado sino de las mutaciones interiores que ellas producen. Se trata de una aventura interior y contemplativa, plena de extrañas experiencias que a veces lindan con lo patológico y otras con lo fantástico, pero son reveladoras de un tema fundamental de la mejor novelística contemporánea: la pérdida, búsqueda y reencuentro con el propio yo en medio de un mundo indiferente y mecanizado.[8]

La novela de Matías Montes Huidobro plasma sus objetivos mediante el uso de un humor muy especial donde la amargura y la alegría son los extremos de un contrapunto vital lleno de ironía y cinismo que se autocritica al mismo tiempo que señala las injusticias y peripecias del exilio.[9]

El mundo por el que atraviesan y en el que se sumergen los dos personajes de Matías Montes Huidobro es el mundo de la falsedad llevado a los últimos límites, el mundo, al mismo tiempo, del desarrollo, el dinero, la incomunicación y la cosificación del individuo. Y es irónico que el «renacimiento moral» del narrador y Amanda se realice mediante su adaptación a las circunstancias, con su ascensión social por medio precisamente del negocio de «bienes raíces» y en último término del dinero... *Desterrados al fuego* es un peregrinaje espiritual por el mundo del superdesarrollo, que se inicia y termina lógicamente en los aeropuertos, catedrales del mundo moderno, símbolo atrevido y perfectamente desarrollado por el autor. En el camino tiene que sufrir el protagonista un duro aprendizaje que recuerda las clásicas vías de la ascética y la mística, desde la renuncia completa a los bienes mundanales, con su integración en la vida del parque, envuelto en el abrigo raído y ajeno, hasta la contemplación divina en el hospital.[10]

Desterrados al fuego es una novela fuera de rueda porque engaña de entrada y se aparta de las trilladas rutinas de los últimos años de la novelística latinoamericana. El engaño consiste en que el lector cree encontrarse ante un libro de narrativa profesional —las peripecias de un exilio y la readaptación a un nuevo medio— y de pronto se halla con una narrativa que oscila entre el mejor Beckett y el alucinado Kafka. Esta es la singularidad de esa prosa que arrastra al lector del realismo inicial al mundo de símbolos oníricos de una deformación humana fijada a través de un abrigo regalado a un inmigrante y que cambia su personalidad, su origen, su estructura más íntima.[11]

La sutileza de la ironía de *Desterrados al fuego* trasciende el asunto trágico de la novela y la convierte en una expresión sumamente estética... La trayectoria narrativa de la novela va desde lo real y verosímil hacia un reino de fantasía y deformación, y entonces regresa al mundo cotidiano... *Desterrados al fuego* comparte con otras novelas cubanas contemporáneas el empleo de una ironía sutil, la incorporación de técnicas teatrales a la narrativa, y el interés en el proceso creativo.[12]

It's an American *Nausee* which we follow in these pages, punctuated by sharp observations about life in middle-class America. In the search for his identity, the existencialist anti-hero, who has had every manly attribute taken away from him as a consequence of a revolutionary process that has nothing to do with him, sinks deeper and deeper into an objection comparable to that depicted in the great Russian novels... The obliteration of sexuality due to the circumstances of the couple's life in exile in a nothern city in the U.S., the destruction of all that he was until his only success in his self-destruction is a good sociologycal analysis of our times plagued with the refugee dilemma... *Exiles in the Fire* should be translated into English. It deserves to be read by a larger segments of the population of the U.S. than the bilingual community.[13]

Antes de la publicación de *Desterrados al fuego* termino *Segar a los muertos*. Queda en tercer lugar en el concurso Cáceres de Novela Corta en 1975. Un fragmento de la novela aparece en *Repertorio Latinoamericano* (Buenos Aires-Caracas,, agosto 1975) y en *El Diario* (La Paz, Bolivia, agosto 7, 1977). A ella le sigue *Cartas de*

Cabeza. Con el título de «Cólera ES» aparece un fragmento en *Consenso* (mayo 1977). Se publica completa en *Caribe* (Primavera, 1977). «Afán de combate», fragmento de una novela en preparación, sale en *Consenso* (noviembre, 1978). Hasta aquí cronología y notas que me parecen necesarias.

NOTAS

1. Guillermo Cabrera Infante, *Carteles*, noviembre 4, 1956.
2. R.O.A., *La Prensa*, noviembre 17 de 1967.
3. *Siempre*, octubre 30 de 1969.
4. Julio Hernández-Miyares, *Narradores cubanos de hoy* (Universal: Miami, 1975), p. 5.
5. El número del 4 de mayo de 1959, anuncia la publicación de un fragmento que nunca llega a aparecer.
6. Danubio Torres Fierro, *Plural*, marzo de 1976.
7. Alberto Baeza Flores, *The Miami Herald*, 23 de mayo de 1977.
8. Gemma Roberts, *Revista Iberoamericana*, julio-diciembre de 1976.
9. *Vanidades*, febrero de 1976.
10. Jaime Pérez-Montaner, *Chasqui*, febrero 1977.
11. Hellen Ferro, *Repertorio Latinoamericano*, diciembre de 1975.
12. Raymond D. Souza, *Explicación de Textos Literarios*, número 2, 1978.
13. Mireya Jaimes Freyre, *Latin American Literary Review*, Fall-Winter 1976.

La Revolución agarró a Esperancita Portuondo completamente fuera de base. Ciertamente Esperancita no era de esa gente con particular trastienda, y desde tiempo inmemorial, no sabía cómo ni por qué, todo la había agarrado a ella fuera de lugar. Por eso, no le extrañaba en lo más mínimo que ella no pudiera sacar nada en limpio de lo que pasaba a su alrededor.

Esperancita lavaba y planchaba para afuera. Así lo había hecho, creía ella, desde que tenía memoria, porque, según ella podía recordar, Paco, o Pancho, o como se llamara él, siempre había estado cesante. En cuanto a éste, había salido temprano para unirse a la cumbanchita de la Revolución. De todos modos, Paco siempre tenía alguna cumbanchita con la cual enredarse.

—Buenos días, cosa linda —le dijo Juanelo Pisabonito, un mulato medio chulo que vivía en la habitación número doce—. ¿Ya me tienes preparada la tacita de café?

Todos los días se asomaba Juanelo en busca de su tacita de café. Juanelo empezaba el día tarde, de acuerdo con la noche, y era un mulato claro bien parecido. A Esperancita le gustaba paliquear con él.

—Estoy colando.

Juanelo se sentó en una silla que estaba al lado de la puerta.

—¿Oíste la CMQ? Batista ya salió volando.

—¿Cómo?

—Todo el mundo no hace más que hablar de lo mismo. ¿Dónde tú te metes que no sabes lo que está pasando?

—Junto al fogón, junto a la batea, junto a la tabla de planchar. Yo no tengo tiempo para otra cosa. Con Revolución o sin Revolución, a mí no me falta compañía.

—Ahora será otra cosa.

A ella le pareció tan lejano como el cantío de un gallo.

—¿Y tú no estás preocupado?

—¿Y yo por qué iba a estarlo?

—No sé, se me ocurrió preguntar.
—Pues mira, debes darte una vueltecita por la Plaza Cívica.
—¿Con este calor?
—La gente se ha tirado para la calle.
—¿Tú vas?
—Como todo el mundo.
—¿Y Cacha?
—¿Qué Cacha?
—La que vive contigo.
—Conmigo no vive ninguna Cacha. Se llama Chucha.

Aquello sí la dejaba sorprendida. ¿Así que no era Cacha sino Chucha? ¿Era posible tal cosa? Bueno, como andaba el mundo era posible cualquier cosa, pero ella estaba casi segura que no era Chucha y quizás aquél no fuera Juanelo Pisabonito. Lo miró de arriba abajo mientras le ponía delante la tacita de café.

—Mira, déjate de bromas. Chucha fue la que se murió tuberculosa en el sanatorio de Jacomino.
—¿Y desde cuándo hay un sanatorio en Jacomino?
—Desde que Chucha se murió tuberculosa en él —contestó Esperancita con la mayor naturalidad del mundo.

A Juanelo aquello le hacía gracia y decidió seguirle la corriente.
—¿Entonces con quién me acuesto ahora?
—Será con Cacha.
—¡Qué barbaridad! ¡Y yo que siempre le digo Chucha!
—¿Siempre? ¿Pero... siempre? ¿Y ella no se pone de mal humor?
—Lo que tú oyes...

Esperancita había sido siempre una mujer apacible y lo había aguantado todo con una pachorra digna de admiración. Pero de pronto, recordó el día que fue a visitar a Chucha en el sanatorio y como había llorado la infeliz, y se dio cuenta que Juanelo tenía el alacrán de la charada.

—A todos los hombres se lo deberían cortar —fueron las últimas palabras de Chucha antes de estirar la pata.

¿Qué derecho tenía Juanelo a acostarse, ahora tan campante y como si no hubiera pasado nada, con aquella Cacha a la que llamaba Chucha?

—Lo que tú oyes...
—Bueno, a Cacha no debe importarle gran cosa. Porque por ahí ha desfilado todo Vista Alegre. Y no te lo digo para que te piques —le dijo Esperancita como si fuera Chucha.

Juanelo se quedó perplejo y una gota de café tinto le cayó en la portañuela.

—¿Y por qué iba a picarme? ¡Ahí el que pica soy yo!

—¡Créete tú eso!

Por lo visto, Esperancita Portuondo quería ponerle rabo. Y eso él no se lo iba a aguantar.

—¡Oyeme, tiñosa! ¡Que ya yo tengo rabo y no lo tengo por detrás! ¿Sabes que me estás cayendo un poco antipática? La verdad, no sé como Panchín ha cargado contigo. Cuídate, porque parece que a ti no te asienta la Revolución. ¡Y Chucha es de las que come candela! Más le hubiera valido a Panchín haber cargado con Cacha.

—Con Chucha.

—¡Con Cachucha!—, y salió que se lo llevaban todos los demonios.

Estaba tan furioso que ni siquiera terminó con la tacita de café. Y eso que era Pilón, sabroso hasta el último buchito.

Al salir, tropezó con Juana Piedeplomo de Ferragut, que entraba en ese momento con una escoba en la mano. Juanelo le dio un empujón tan fuerte que la tiró de culo en el piso.

—¡Bárbaro! ¡Bestia! ¡Hijo de yegua! —le gritó la buena mujer.

Esperancita se sacudió como si se espantara una mosca y ella fuera la mosca misma. La sensación, tan extraña, la sentía por primera vez.

Juana, todavía en el piso, vio el gesto.

—¿Qué te pasa a ti?

—Nada. Es que tengo una mosca volando.

Como era gorda, Juana no se podía levantar. A Esperancita le pareció por un momento que tenía algo raro en la cara, pero de fijo no podía precisar lo que era. Juana siempre había tenido los dientes un poco para afuera, pero aquella mañana lo que más se le veían eran los colmillos.

—¿Te hiciste daño?—, le preguntó solícita Esperancita Portuondo y como si ya fuera la de costumbre.

—Hija, yo creo que tengo fractura. A ése lo voy a denunciar al Comité de Barrio, porque no hay derecho. ¿Tienes una almohadilla?

Esperancita colocó una almohadilla colorada en el sillón de mimbre y Juana Piedeplomo depositó allí su inmenso trasero. Suspiró algo adolorida.

—¿Tú crees que me haya partido la espinilla? —le preguntó a Esperancita algo preocupada—. Porque me duele todavía...

—No te alarmes. La cosa no será para tanto. Ha sido el impacto con el mosaico.

—Lo que sí es para tanto es lo que ahora está pasando —y puso los ojos en blanco.

—¿Tú crees?

—¡Qué no te oiga Ferragut! ¿Cómo te atreves a preguntar tal

cosa? ¿Pero no lo has oído? ¡Qué verbo! ¡Qué palabra para tocar las fibras más íntimas del piripipé! ¡Figúrate, anoche cuando lo vi, me tiré a besarlo! ¡Por poco rompo el tubo de la pantalla! ¿Pero en qué mundo vives tú?

—En el de la batea y la tabla de planchar.

—Eso se acabó. ¿No te das cuenta? Es hora que vayas saliendo de estas cuatro paredes. ¿No sabes que vivimos momentos gloriosos para Cuba?

—¿Es verdad eso?

—¿Pero tú no sabes que Batista se fue?

—Eso dice Cheo.

—¿Qué Cheo?

—Juana, el que te tiró de culo. El querido de Cacha.

—¡La pobre Chucha! ¿Tú no crees que se merecía algo mejor? ¡Ese tipo es un salvaje!

—Pero yo creo que a ella le gusta. Bueno, que Cacha se lo buscó. Y si compró cabeza y le cogió miedo a los ojos... Porque nadie le puso un puñal en el pecho...

—Claro... Figúrate que anoche, mirando la televisión...

—¿Y desde cuándo tienes tú televisión?

—¿No te lo dije? Gaudencio me trajo una anoche. ¡Qué sorpresa! Pero dice que se la va a llevar, porque le parece mejor tener una de veintiuna pulgadas.

—¿Y cuánto le costó?

—Nada, muchacha. Tú sabes que Gaudencio estaba en el movimiento y le tenía puesto el ojo a los Gómez-Franca, los acaparadores de la manteca. ¡Y como Gaudencio es un hombre tan cívico! En fin, que donde pone el ojo pone la tranca. Así que intervino la casa él directamente. ¡Un palacete precioso en la Quinta Avenida! ¡Cómo ya se fueron en el pájaro de plata! Bueno, que Gaudencio ha quedado de lo más bien. Yo creo que si sigue así lo hacen coronel de mañana a pasado.

—¿Tan pronto?

—¿Pronto? ¡Pero si Gaudencio ha estado luchando contra los yanquis desde que se implantó la Enmienda Platt! ¿No te acuerdas? Es que uno no hace alardes, Esperancita. ¿Pero es que yo te iba a contar lo que Gaudencio estaba haciendo? ¿Y si le hacías el cuento a Cheo? Porque mira, a mí ese Cheo no me merece confianza. Ahora, claro, todo el mundo es revolucionario. Y Cheo, te apuesto cualquier cosa, se ha ido a intervenir algo. Sin derecho propio, como el caso de Gaudencio. Porque honor a quien honor merece. El Gordo es mi marido, y aunque no sopla gran cosa, no me puedo quejar. Siempre me ha tratado bien y me ha traído merengues todos los domingos. Eso lo sabe todo el mundo. ¿Es que tú lo dudas?

—Yo no he dicho nada, Juana. Eres tú la que lo estás diciendo todo.

—¿Y eso qué tiene de malo? ¿Acaso no se fue Batista por aquello de huye que te come el lobo? ¿Acaso no le podemos dar a la sinhueso?

—No te pongas de mal humor, que ya tengo bastante con la perreta que le dio a Cheo.

—¿Qué Cheo?

—El querido de Cacha; ése que te tiró de culo.

—¡Pobre Chucha! ¡No ha tenido suerte!

A Esperancita le subió de pronto un vapor a la cabeza.

—¿Cómo que no ha tenido suerte? ¡Pero si es más pe que las gallinas!

—¿Y tú crees que las gallinas son felices? ¡No seas simple!

—No todas, eso sí.

El plomo de la pata se le subía a la cabeza.

—Yo a tí te encuentro como si te hubiera pasado algo. ¿Es que a ti también te picó la mosca? Es comprensible, te lo aseguro. Porque el que no está llorando está chivando. ¿Es que tú tienes algo en contra de Gaudencio? ¿Quién anda diciendo por ahí que mi marido no sopla como debe? ¿Y de quién es hijo Clementín? ¿Del lechero?

—En algo se le parece—, dijo Esperancita entre bromas y veras.

—Bueno, es que Clementín todavía no tiene bigote.

Sería por eso, pero Clementín tenía un golpe de jeta verdaderamente sospechoso. ¡Se habían contado tantas cosas de Juana Piedeplomo de Ferragut! Hacía años había llegado a La Habana con una mano delante y la otra atrás (en lugar de tenerlas a los lados) y de la noche a la mañana había enganchado con Gaudencio Ferragut, hombre que dado su nombre y apellido debía tener alguna importancia.

—¿Y por qué tú crees que me casé con él?—, acostumbraba a preguntar Juana.

Lo cierto es que lo que tenía o dejaba de tener no se sabía a derecha, porque Ferragut era hombre nocturno. Es posible que en una de esas salidas de murciélago que busca su cueva, conociera a Juana Piedeplomo en un bar de Cuatro Caminos. Pero todas estas cosas eran versiones infundadas. ¿Quién era Ferragut? ¿De dónde venía? ¿A dónde iba? ¿Por qué estaba allí? Juana siempre tenía la respuesta del día, pero cada día era diferente. Ella misma se confesaba a veces oriunda de Manzanillo, donde decía había bailado el son con Ferragut, él en calzoncillos y ella en camisón. Otras veces afirmaba proceder de Ciego de Avila, donde sus detractores más feroces del partido comunista decían que ella era descendiente, por la vía lucumí, de agente tan peligroso como Santa Bárbara. En su audacia, y cuando el catolicismo estaba en boga, llegó a afirmar que había nacido en Trinidad y se había criado en Sancti Spíritus, pero el cura de la Iglesia del Carmen por poco lo excomulga, ya que afirmaba se trataba de herejía. En tiempos más recientes se declaraba matancera nacida en Cárdenas, donde carenaron las naves, origen que nos parece más apropiado de acuerdo con la marcha de los tiempos.

—¿Y qué televisor te trajeron? ¿RCA?
—Philco, que es el que más me gusta.
—¿Has visto a Paco?
—¿Qué Paco?
—Chica, ¿qué Paco puede ser? Mi marido.
—Como yo siempre lo trato de Francisco y Gaudencio lo llama Pancho...
—El mismo. ¿Lo has visto?
—No, ¿y tú?

Esperancita se puso a hacer memoria. Según sus cálculos, Paco había salido después de tragarse el consabido café con leche, pero lo que no podía decir con exactitud era cuando se lo había tragado, si aquella misma mañana o el día antes. A los cuarenta años su memoria empezaba a flaquear y se puso a pensar que a lo mejor tenía una arterioesclerosis prematura.

—No... te... puedo... asegurar... nada...
—¿Por qué? A lo mejor está en casa de Chucha.
—Ojalá que no, porque, la pobre, se murió en el sanatorio de Jacomino.
—¡Qué bromista te has vuelto, Esperancita! ¿Así que en Jacomino hay un sanatorio? ¡Primera noticia! ¿Y quién puso la primera piedra? ¿Carlos Pío?
—Yo te aseguro que...
—No me asegures nada. Jacomino se está cayendo a pedazos y no sé a quien se le iba a ocurrir hacer un sanatorio allí. A menos que fuera para que se muriera Cacha. ¡La pobre! ¡Cómo no ha tenido suerte! Porque ella se merece algo mejor que Cheo, que la está matando a sufrimientos y a golpes. Pero yo te digo que Fidel lo meterá en cintura: ¡aquí no va a quedar un chulo partido por la mitad!
—¿Qué Fidel?
—¿Cómo que qué Fidel? ¡El barbudo de la Sierra! ¡El que todo lo compone! No te quejes más. Todo cambiará de ahora en adelante.

A Esperancita le dio un vuelco el corazón, porque para ella ya era hora que todo cambiara de una vez. Pero en el fondo, Esperancita no creía ni en la paz de los sepulcros.

—No lo puedo creer.

—Muchacha, ahora verás lo que son reivindicaciones.

—¡Qué alegría me das! ¡Ay, Virgen de la Caridad del Cobre, si eso fuera verdad! ¿Tú crees que algún día yo deje de ser lavandera?

—Fidel piensa acabar con toda la ropa sucia.

—¡Qué alegría! ¡Qué contento! ¡Qué euforia! Me da un vuelco el corazón que el domingo que viene voy a comer arroz con pollo.

—¿Sabes que la primera ley que va a poner Fidel es en contra de la harina con boniato?

—¡No me digas! ¡Ay chica, qué noticia tan buena me acabas de dar! ¡Ya yo no puedo ver el boniato con harina o sin harina ni en pintura! Y sin embargo, la harina con cangrejo me hace llorar. ¿Pero desde cuando yo no como harina con cangrejo? Mira, te lo voy a decir. Cuando niña, me llevaron a comer harina con cangrejo a la Isabela y desde entonces no he vuelto a ver un cangrejo en mi vida.

—Cangrejos yo he visto muchos, como soy de Cárdenas.

—¡Qué suerte!

—Hija la suerte es loca y a cualquiera le toca. Pero los cangrejos en Cárdenas no eran comestibles, pues comían mucha mierda.

—Hay alguna gente que también la come.

—Eso sí es verdad. Y algunos viven bien. ¡Y tú de lavandera!

—Lo que yo nunca he visto es una langosta.

—Ni yo tampoco. Clementín, que está en el Instituto, dice que la langosta es un crustáceo.

—¡No me digas! Si es lo que digo yo. Tu hijo, si la cosa sigue como va, llegará a sastre.

De pronto, Pura la Coja, cojeando, se asomó pegando unos gritos que llegaban al alma y partían el hueso.

—¡Me lo matan! ¡Que me lo matan! ¡Ay, hija, a mi hijo se lo llevan preso!

Pura la Coja tenía los ojos saltones y la pata de la que cojeaba se le había encogido con la emoción. Por consiguiente, la tenía toda torcida.

—¿Pero qué te pasa en la pata, mujer?—, le preguntó Esperancita al verla llegar de ese modo.

—Se me pone así cada vez que me viene algo malo encima.

—¿Y qué te dicen los médicos?

—Tengo que esperar hasta que me venga algo bueno y a veces pasan meses y nada.

—¡Lo que es el destino! A Carmencita Inodoro le pasaba lo mismo, pero a ella le daba por las descomposiciones. ¡Y se iba! Una vez su marido la encontró metida en la taza y si se demora un poquito más la pierde, porque sólo le quedaba la cabeza afuera.

—¡Qué follón debió armarse!

—¡Bárbaro! Pero él la agarró por las pasas paradas y la salvó. La pobre, pasó un susto tremendo.

Esto no era consuelo alguno para Pura la Coja, que por supuesto, estaba desesperada y no podía más. Lloraba que daba pena y pegaba unos gritos que se llegaban a oír por encima del trompetín de Eustaquio, que por cierto, chillaba a su gusto.

—¡Yo no sé hasta cuando vamos a tener que oír el trompetín de Eustaquio! Quizás Fidel haga algo y se le acabe el trompetín.

—¡Muchacha, cállate! Fidel es incapaz de acción semejante. ¡Es un demócrata!

—Pero el trompetín de Eustaquio es una jodienda, ¿no te parece?

—¡Qué se yo!

Pura la Coja, a todas éstas, se había tirado en el piso y se daba golpes contra él. Se rasgaba los vestidos y si no hubiera tenido refajo de satén se le hubiera visto el alma. Pero Pura la Coja era, aunque coja, una mujer que se ocupaba mucho de llevar ropa interior de la buena. Juana se quedó con la boca abierta cuando le vio el refajo de satén.

—¡Esperancita, mira que coja tan presumida!

La pata de Juana hacía temblar los cimientos del edificio. Afortunadamente la capa de hormigón era de primera.

—¡Refajo de satén! Y luego se queja. ¡Con refajo de satén hasta da gusto ser coja!—, agregó sacudiendo los pilares.

Pura estaba tan desesperada que la pata se le había encogido de tal modo que parecía que había venido al mundo sin ella.

—¡La pobre Pura! ¿Y qué le pasa? Así no hay quien la entienda—, decía Esperancita.

En ese momento, por la calle, pasaba un camión lleno de milicianos. Eran barbudos que llegaban a La Habana procedentes de la Sierra y tenían el banderín colgante. El que iba al timón tocaba el fotuto y todo el mundo se asomaba a las puertas y a las ventanas. Muchachas con el pelo largo y cintas azules en la cabeza les tiraban flores, pero de vez en cuando había algún gordo sinvergüenza, con traje de dril cien, que les tiraba un ladrillo desde uno que otro balcón. Esto enardecía a la multitud, que al ver lo que hacían los panzudos en contra de aquellos héroes, se lanzaban con cuchillos y palos hasta los balcones, subiendo con los dientes por las enredaderas y llegando a despedazar a más de uno.

No podía faltar Ramona Quindelán, radio reló que daba la noticia y callaba la hora, que asomó su esquelética.

—Juana, ¿te enteraste? ¡Acaban de decir por la radio que cogieron a Policarpo Matasanos! ¡El asesino a sueldo de Batista!

A Juana le vino una extraña convulsión. Estiró las patas para arriba y el balancín se movió hacia atrás, creyendo la pobre Esperancita que se partía su artículo de lujo. La rejilla crujió por la fuerza del follón armado y a Juana le vino un escupitajo a la boca que no cayó en escupidera. Esperancita retrocedió, porque creía que algo le venía encima para aplastarla. La mosca cruzó por delante de la niña del ojo y la vio como una mancha negra con su gota de sangre. Juana Piedeplomo de Ferragut siempre había tenido sus cosas, pensó, ¿pero tanto? La taza se desbordaba como cuando se tupía por algún artículo.

—¡Que se la arranquen! ¡Que lo ahorquen! ¡Que le corten el tirabuzón de enganche!

La ferocidad inusitada le golpeó las sienes, pero se contuvo. ¿Dónde andaba Pancho? ¿Por qué no había regresado? ¿Cuándo iba a volver? ¿No era hora que lo hiciera? Ramona Quindelán se unía al entusiasmo de la Sra. de Ferragut.

—¡Paredón, paredón, para los asesinos paredón! ¡Paredón don-dón! ¡Para los asesinos paredón don-dón!

Ella, Esperancita, articuló las sílabas con dificultad, pero no quería hacerse la sospechosa.

—Pa... re... dón......

—¿Ves que bonito lo dice?—, dijo la Piedeplomo con un pernicioso sarcasmo que Esperancita encontró sospechoso y fétido pero que no acabó de entender.

—Conclusión, ¡qué dice Fidel que el domingo comeremos arroz con pollo!—, exclamó Ramona Quindelán para aliviar.

—Yo me voy a comer la pechuga.

—¡Qué aristocrática te has vuelto!—, dijo la Quindelán con su poco de mala intención.

—Yo... me... conformo... con... el...—, balbuceó Esperancita que no sabía con qué pedazo quedarse.

Ramona Quindelán miró por primera vez a Pura la Coja. Pura yacía en el piso con los ojos en blanco y como si estuviera muerta. No lo estaba pues a intervalos regulares le venían unos espasmos y porque los párpados le temblaban como si estuviera soñando. Una de las patas ya ni se le veía, escondida completamente bajo la saya. A veces la boca se la abría como si pegara un grito sin sonido o como si quisiera decir algo que nunca acababa de decir, porque se le atragantaba; o como si intentara articular un «pa... pa... pa... pa... pa... pa...redón» que sería el de su propio hijo.

—¿Qué le pasa a Pura la Coja?—, preguntó Ramona Quindelán.

—Nada, que estábamos en medio de un palique interesante y de pronto, sin ton ni son, oigo un chillido. Vuelvo la cabeza y veo a Pura la Coja gritando como una loca y con una pata torcida hacia adentro. Y ahí la ves, en el piso, como si quisiera hacer un cuento.

—¡La pobre!—, exclamó Esperancita, siempre un alma piadosa.

—¿La pobre? Ramona, ¿pero tú no sabes que usa refajo de satén?

—¡No me digas!

—Lo que oyes.

—¡Qué oculto lo tenía!

—¿Y quién podía comprarse un refajo de satén en tiempo de Batista?

—¡Ya tú lo sabes! ¡Qué mosquita muerta! ¿Y quién era el querido? ¿Policarpo? A lo mejor oyó la noticia y por eso está así.

—No lo creo. Está muy vieja para eso.

—Además de ser coja.

—Para eso lo cortés no quita lo valiente. Pero no lo creo. La cosa le vino por el hijo.

—¿La madre con el hijo?

—¡Qué hijo de su madre!

—En fin, eso lo explica todo.

—¿Qué explica qué?

—Lo que me dijo Duplicado.

—Ah, ¿pero Duplicado habló? Hija, yo creía que ese muchacho era mudo.

—¡Qué va, el chico era revolucionario!

—¿Revolucionario? ¿Pero no era batistiano?

—¡Qué tonta tú eres! Se hacía pasar, pero era todo lo contrario. El que andaba con malos tratos era el hermano. ¡Cómo era de la Secreta!

—¿Simplicio Duplicado? ¿No era hijo único?

—Eso creía su Padre, pero su Madre sabía la verdad.

—¿Y cómo se la pudo ocultar por tanto tiempo?

—Porque eran hermanos gemelos y se parecían como un huevo a otro. La Madre, por razones de seguridad, nunca se lo dijo al Padre, y cuando lo venía a ver escondía al que sobraba bajo la falda. Claro que ahora todo se ha descubierto, gracias a Fidel, que es el que ha puesto en este país los puntos sobre las jotas. Conclusión, chica, para acabarte de contar. Duplicado estaba con la Revolución y Simplicio estaba contra ella. Además, siempre salía uno y no dos, y aunque hubieran salido los dos, como siempre se cuidaban de no salir juntos para que el Padre no los viera y mantenerlo en el engaño, siempre creía uno que salía el uno y no el otro. ¿Comprendes?

—Sí. Más claro el agua —contestó Ramona Quindelán, a la cual ya le habían dado insignia.

Esperancita, que no la tenía aún, estaba lela. Ella no acababa de entender, pero aceptó la respuesta pues no quería que se le quemaran los frijoles.

—Para no cansarlas, un día Duplicado salió en lugar de Simplicio y lo descubrió todo: su hermano estaba con la Secreta.

—Debió ser un golpe tremendo. ¡Hermano contra hermano!

—Figúrate, ya te puedes imaginar.

—¿Pero ahí acabó todo?

—Créete tú eso. A eso de la medianoche ya Simplicio había salido en lugar de Duplicado.

—¡¿Y?!!!!!!

La tensión iba en aumento.

—¡Qué descubrió qué Duplicado estaba con la Revolución!

—¡Solavaya!

—Bueno, el resto de la historia ya todo el mundo la sabe. A Duplicado Simplicio se lo encontraron en la Carretera del Quemado con la boca llena de hormigas.

—¡Pobre Simplicio!

—¡Pobre Duplicado!

—¡Pobre María!—, exclamó tres veces la sentimental Esperancita.

Esperancita imaginó el cuadro espantoso: María sosteniendo en su regazo el cuerpo yacente de su Hijo.

—¡Pobre Madre, perder los dos hijos a la vez!

Esperancita siempre se sentía conmovida cuando escuchaba un tango. Las lágrimas le corrían como puro manantial de los lagrimales.

—Esperancita, chica, no te pongas así. Nunca se puede hacer un cuento de película delante de ti. ¡No es para tanto! No los mataron a los dos, sino a uno. No es lo mismo quedarse tuerta que ciega.

—¡Menos mal—, exclamó la otra.

—Además, ni lo sabe, porque Simplicio Duplicado se lo ocultó.

—¿Cómo?—, exclamaron Esperancita y la otra al unísono.

—Que uno se hizo pasar por los dos.

—¡Una doble vida!

—¿Pero ésa no es una película que hizo Dolores del Río?—, preguntó Esperancita.

—Lo dudo, porque Dolores del Río es demasiado bonita para hacer papeles masculinos.

—¡Ustedes no saben lo que puede el maquillón!—, exclamó la otra como si fuera experta en eso.

—Conclusión. El muchacho se puso flaco porque no daba para tanto. Un día Simplicio y al otro Duplicado. Un día daba un chivatazo y se llevaban preso a un hijo de vecino para los sótanos de La Cabaña y al otro día le metía mano al sabotaje y ponía un par de bombas en Cuatro Caminos.

—¿Y nunca le pasó nada?

—Nada, a pesar de que no hacía otra cosa que jugarse el pellejo. Figúrate, de un lado para otro. Pero cuando lo cogían por un lado como Simplicio, él decía que era Duplicado, y cuando lo cogían por el otro como Duplicado, él decía que era Simplicio. Hasta que al fin ha llegado la Revolución para aclararlo todo: se trata de Simplicio Duplicado.

—No, ¡si lo que no pone la Revolución en claro...!—, exclamó Ramona Quindelán.

Esperancita metió un par de planchazos. La historia la había realmente conmovido y, a pesar de que sus amigas le aseguraban que María era feliz, ella no hacía otra cosa que imaginarse el espantoso cuadro: el cuerpo yacente sobre el regazo de la Mater Dolorosa después que al Hijo lo bajaron de la cruz.

—¡Quién pudiera darle el pésame!—, exclamó.

—Ni se te ocurra. Subuso con María, que no sabe nada—, explicó la señora de Ferragut.

La comparsa de «Los Marqueses de Belén» había sido dispersada a tiros, a pesar de ser comparsa de negros. Había causado muy mala impresión a las huestes revolucionarias y se aseguraba que se trataba de negros infiltrados. Porque a pesar de que Papá Dubalié era negro tinto, hablaba francés y causaba mal efecto, por ser francés idioma culto. Además, aquellos negros disfrazados de aristócratas dieciochescos y bailando el minué, le habían causado muy mala espina a Fidel, que los acusó de contrarrevolucionarios infiltrados. Ser negro no era suficiente, aunque era salvoconducto temporal. Pero había que estar seguro. Después de todo la negra tinta de Cecilia Valdés se había exiliado y aquello había sido un golpe brutal para la Revolución. De Lola Guilló era de esperarse, pues era negra guillada y clara. Además, cantaba boleros dudosos con una voz gutural de negra aburguesada. La Lupa era cabaretera decadente, así que no era cosa extraña que se exportara. Pero la Valdés era negra sana y fue mala cosa la partida. Pero ¿qué se le iba a hacer? ¡Al menos Beny Moré se murió allí de cáncer o tuberculoso, pero revolucionario! De todos modos Fidel decía que había que meterle mano a la música cubana, y empezó la Internacional a hacer de las suyas mañana, tarde y noche. Los que tomaban sopa se la encontraban allí, formando letricas sueltas. Y los niños se la cantaban a los padres en lugar del japiberzdey. La comparsa de «Los Marqueses de Belén» fue llamada a capítulo y los viejos más tradicionales, algunos con canas, fueron enterrados hasta el cuello. En cuanto a «Los Dandys de Jesús del Monte», la influencia inglesa era ya cuestión de paredón. ¡Qué lujo! ¡Qué despilfarro! Se admitió que siguieran las comparsas de «Las Jardineras» y a la de «Los Macheteros» se le dio nuevos bríos pues tenía carácter de Revolución agraria. El musicólogo de la Revolú, Alejo Carpintero, fue encargado de meterle mano a la comparsa de «Los Barbudos», con la ayuda de Pan Blanco y Nilo Trabuco.

De todos modos, hasta el cuartucho de que hablamos llegaron los zandungueros acordes de «Los Barbudos de la Sierra», y la señora de Ferragut, que antiguamente se hacía pasar por blanca aunque todos la clasificaban de blanca sucia, empezó a menear el trasero en el balancín de Esperancita, para que le dijeran negra limpia.

—¡Chica, y nosotras aquí como monjas en clausura y como gallinas en cuaresma!—, exclamó la dama.

—¡Y con las dos patas del mismo largo!—, dijo Ramona Quindelán mientras se las medía.

—¿Y qué esperamos?

Esperancita miró debajo de la mesa.

—¡Hay que echar un pie!—, dijo madama Ferragut.

¿Acaso el sarcasmo de aquellas dos mujeres les hacía decir aquello para herir la susceptibilidad de Pura la Coja? Después de todo, Pura era la única que en aquel momento podía seguir el baile al pie de la letra. ¿Cómo iba a poder bailar la de Ferragut cuando los tenía de plomo?

Juana Piedeplomo plantó los dos. Se estiró el vestido y se atusó los cabellos.

—¿Lista? —le preguntó a Ramona.

—Lista y para la fiesta, —repuso la Quindelán.

Las dos mujeres hacían un vivo contraste bajo el umbral. Juana era un escaparate de tres puertas junto al que se había colocado el palo de escoba de una limpieza no terminada.

—¿Y tú qué esperas? —le preguntaron las dos buenas amigas—. ¡No te irás a quedar ahí velando el muerto cuando toda La Habana se despepita de la risa! ¡De ahora en adelante, todo el año es carnaval!

Esperancita miró a sus espaldas, pues creyó que estaban hablando con otra. ¿Salir ella con la cantidad de cosas que tenía que lavar y planchar? ¿Y qué iban a decir las clientas si no llevaba el planchado a su debida hora? ¡Aquéllas dos mujeres estaban locas!

—Sí, sí, contigo es, mascarita —dijo Juana con los colmillos completamente botados para afuera.

La mosca se le posó en la niña del ojo y la cegó. Tenía un ala partida. ¿Llegaría algún día a ver la luz del sol?

Recordó vagamente a... Pero el nombre se le escapaba con el tiempo.

—Pero... estoy haciendo los frijoles... Y si... —no encontraba la denominación—... llega... mi... marido... de... un... momento... a... otro...

—¿Qué marido? —preguntó Juana.

—El... padre... de... mis... hijos...

—¿Qué hijos ni que ocho cuartos? —preguntó Ramona.

Espantó la mosca de un manotazo.

—Quiero decir, que si... viene, le dará la rabieta porque no le tengo preparado los frijoles.

—¿El denominado Francisco? —preguntó Juana—. ¡A lo mejor no pone un pie por aquí en el resto de sus días!

Un dolor afilado penetró en el corazón de la infeliz.

—¿Por qué me dices eso?

—Vamos, Esperancita, no te pongas sentimental. Tienes que distraerte. ¿No te das cuenta? Una nueva vida empieza para ti. Deja los frijoles a la candela. Los pones en candela bajita, para que no se quemen. Y así, cuando llegue ése que tiene que llegar, se los come y tan feliz y contento.

—Pero es que también le prepararé su picadillo.

—Se lo dejas en la sartén y él mismo se lo calienta.

—¿Tú crees?

—¿Acaso es manco?

—Que yo sepa no...

—Además, a lo mejor Pura la Coja hasta le echa una mano... Porque claro que un pie no le podrá echar...

Y agregó dogmática y patibularia:

—La mujer cubana, querida Esperancita, va camino de las reividicaciones del socialismo actuante. La mujer deja de ser un símbolo sexual de la burguesía capitalista, una muñequita ociosa y tonta que nada tiene que hacer, una Nora de Ibsen, para convertirse en una Juana de América de Lizárraga, el autor argentino, que interpretada en el Teatro Nacional lucha por la independencia de la América Indígena. Tu rol, es decir, tu papelillo, ya no está en prepararle la comida al mulato descarado que te rasca, sino en lanzarte a la calle para gritar viva Fidel y unirte a la Federación de Mujeres de Cuba, para que te den carne.

Ramona Quindelán se había quedado con la boca abierta, pero aplaudió.

—¡Pero cómo has adelantado, mujer! ¿Y dónde te han enseñado todo eso?

—En la Federación. ¡Aprendo como loca!
Se volvió a Esperancita.
—Bueno, chica, ¿vienes o te quedas haciendo calceta?
Juana Piedeplomo de Ferragut era una mujer peligrosa. Esperancita lo presentía claramente y no se atrevió a decir que no. Sin duda, estaba cogida en una trampa y aquella mujer con metralleta en la boca era de cuidado. El espectáculo de Pura la Coja era una advertencia y se dio cuenta de que peligraba.
—Claro que voy, chica. ¿Cómo iba a quedarme? ¡No, no, a mí nadie me dejará atrás! ¿No te acuerdas que me llamaban en mi juventud Esperancita la Chancletera porque siempre tenía la chancleta puesta? Pero quiero dejarle una misiva a mi banderín de enganche. Bajen y espérenme en la acera.
—Está bien, pero apúrate —le dijo la Ferragut.
Salieron las dos y Esperancita se dejó caer en el balancín. Tenía que pensar rápidamente, porque allí estaban pasando cosas que ella no entendía y que sin embargo nadie le podía explicar. ¿A quién volverse? ¿Es que alguien le inspiraba confianza como para poderle hacer una pregunta? Además, su cerebro no estaba funcionando bien. Lo tenía como embotado y los pensamientos no se ordenaban en él de un modo lógico y significativo. Debajo de la mesa todavía estaba Pura la Coja, reducida a su mínima expresión, y sin aquella pata que le faltaba. Los ojos seguían en blanco y todavía echaba por la boca algunos espumarajos asqueantes. ¿Acabaría ella así, tirada al abandono, sin que nadie se ocupara de ella? ¿Y quién se iba a ocupar? ¿Aquél remoto no me acuerdo su nombre que había tomado café con leche y esperaba que le preparara los frijoles? Además, en algunas palabras de Juana Piedeplomo había podido percibir claramente una intención maligna. ¿Y por qué estaban ocurriendo todas aquellas cosas que ella no acababa de entender? ¿Acaso no era el hijo de Pura la Coja un jovenzuelo entre pensativo y tuberculoso que parecía incapaz de matar una mosca? ¿Y se lo llevaban preso? No podía organizar las cosas en su cerebro. Además, aquella maldita falta de memoria (o confusión de términos), la tenía lela. Sin contar la mosca que se posaba inesperadamente en la niña del ojo y la cegaba por completo.
Pero más valía que se apurara, porque Juana y Ramona la estaban esperando.
Buscó papel y lápiz y con su letra de tercer grado empezó a escribir la misiva:
«Querido...» (se dio cuenta de que era Paco, Pancho o Francisco, y fue un momento lúcido, pero ahora dudaba de lo que debía poner, porque era uno de los tres solamente...) «Amorcito mío...» (tachó y se decidió por el tópico) «las compañeras federadas» (¿de

dónde le había salido aquello? ¿lo había oído antes alguna vez? ¿lo había dicho antes alguna vez?) «han convocado a una reunión de emergencia» (el instinto de conservación guiaba la pluma) «consecuentemente he tenido que dejarte... frijoles... cazuela... picadillo...... sartén... arroz... día antes...» (las sobras del amor entra por la cocina)... «tuya... con la Revolú todo y sin la Revolú nada... tu...» (y firmó espaciando las letras como si se escaparan unas de otras) «E s p e r a n c i t a».

Comprendió que Pura estaba perdida para siempre. Gemía desconsoladamente como si la hubieran herido, pero no era otra cosa que un animal atropellado. La pata le sangraba y el largo aullido de dolor, que agonizaba, se afilaba sobre la ciudad. Nadie la oía, sin embargo, llevados todos por la estridente alegría del carnaval. Predominaba el «te conozco mascarita» de las alegres multitudes que tiraban confetis y serpentinas por el Prado, y las alegres farolas con ecos de la Internacional. Esperancita miró alrededor. Ni Juana Piedeplomo de Ferragut ni Ramona Quindelán estaban por allí. La puerta estaba abierta a una noche estrellada y tropical, clara, sin una nube, y en un impulso generoso que no pudo contener y que arriesgaba el todo por el todo, Esperancita buscó un plato y se lo puso con agua debajo de la mesa, por si quería beber y eso la aliviaba. Hubiera querido hacer algo más, pero tenía miedo tirando a pánico.

Todo salía a pedir de boca. La ciudad estaba alegre y confiada con la Revolución y la gente atronaba con la pachanga. Ya desde que Esperancita puso un pie más allá de la puerta de su cuarto de múltiple usanza, sintió un primer vahído que se le iba a repetir, acompañado del vuelo de mosca al que ya hemos hecho referencia. Se sintió ligeramente tranquila pensando que por lo menos Pura la Coja tendría un poco de agua por si le entraba sed.

Ubiquemos un poco a Esperancita Portuondo. Digamos que el cielo al que miraba con tanto fervor tropical, aparecía encajonado en el rectángulo de la azotea del último piso, que como claraboya, de día dejaba pasar la luz y el rayo raja piedra del sol a plomo, y de noche dejaba caer el rayo de luna que producía enfriamiento.

Claro está que a la habitación de Esperancita no llegaba ni lo uno ni lo otro, porque de un lado sólo tenía puerta de persiana que, o cerraba para asfixiarse, o dejaba abierta para exhibirse —caso este último que había resuelto mediante la consabida cortinita, por donde husmeaba el vecindario a discreción. Del otro lado había una pequeña ventanita, colocada en alto, que empapaba el cuarto en caso de lluvia, pero que dejaba colarse el aire mientras la lluvia no hiciera acto de presencia. Justo es decir que la habitación era espaciosa y tenía lavabo, aunque para necesidades de verdad había que compartir el común. Por tener el privilegio del tercer piso, antesala de la azotea, allá tenía Esperancita batea fija que usaba bajo el centelleante. Eso facilitaba su tarea, aunque tenía que mantener ojo avizor para que no le robaran prendas de valor, que en algún penoso caso había pasado.

La azotea daba al mar, pero bien poco caso podía hacerle. El espectáculo se suponía bello, aunque ella no tenía tiempo para extender su vista desde el Morro, seguir la línea del muro del Malecón, ver de vez en cuando al Magallanes entrando o al Marqués de Comillas saliendo, y dar por terminado el recorrido visual en las risueñas torres del Hotel Nacional —haciendo pausa, por supuesto, en el consabido monumento al Maine, visible para aquéllos con vista de águila.

El edificio era el 13 de la avenida Malecón y el número no era otra cosa que realidad simbólica. Lo que había sido Malecón 13 otrora, vaya usted a saber. Lo que era en presente estaba dado por la tortura de Tántalo de sus vecinos arquitectónicos: el olor constante a bacalao a la vizcaína, que no vas a comer, que llegaba del Centro Vasco a la derecha, y el tintinear del peso de plata, que no vas a tener, de la Cofradía de los Millonarios que tenía a la izquierda. Subdividido en infinidad de cubículos, algunos con vista al mar para los más pudientes, otros con vista al instituto de la ceguera a causa de cataratas perniciosas, Malecón 13 en el veinte tenía un sabor decimonónico del período de la Restauración galdosiana, lo que lo hacía una de esas beneméritas instituciones que España había trasplantado a América. Justo es decir que la azulada presencia del mar en trópico constante, amortiguaba la sordidez del abigarrado mundo del 13. Allí se reunían heterogéneas masas que podrían ser delicias de la narrativa, pero que nosotros, asediados como estamos por el agónico entuerto de Esperancita Portuondo, vamos a limitar, diciendo tan solo que las había muy chusmas y muy decentes, muy honestas y muy ladronas, muy dentadas y muy sin dientes, muy buenas y muy malignas, muy señoras ellas o muy pellejas, muy machos ellos o muy cabrones, unidos todos por el denominador común del muerto de hambre que nivela.

Aclaremos finalmente que Juana Piedeplomo de Ferragut tenía el privilegio exterior de una suite con vista al mar e inodoro que sólo recibía a los íntimos; Ramona Quindelán tenía cuarto con pretensiones de un futuro mejor; Pura la Coja, doble bien ventilado pero con vista al otro lado; Chucha o Cacha cuarto doce paralelo al once, que era el de Esperancita —con iguales asfixias; mientras que Simplicio Duplicado (o ambos) tenía el privilegio de la planta baja: dos amplias piezas con parabán de cristal esmerilado separando la una de la otra, comedor-cocina con puerta de sólida madera y cocina de luz brillante indicando prosperidad familiar, inodoro con ducha generalmente con agua, enrejado en la ventana con vista a la calle; entrada bulliciosa, no obstante, que había sido punto estratégico para la doble misión de Simplicio, mejor dicho, de Duplicado. Y para no cansarlos con la descripción, omitiremos localización de Eustaquio, el que tocaba el cornetín.

Para bajar las escaleras era inevitable pasar por el 12, gallina y mujer santa en el santoral del chino de la charada. La puerta estaba cerrada, pero una luz de veinticinco bujías se colaba por las persianas. Reconoció un acceso de tos: Chucha con la posibilidad de la hemoptisis. Esperancita tuvo miedo, porque aquello de jugar con muertos no era fuerte que le atrajera, pero no podía dar ni pasito alante ni pasito atrás: tan paralizada estaba. Entre los desgarros del acceso, una voz que se ahogaba la llamó.

—Esperancita... Esperancita... —y la persiana se abrió.

Detrás de ella se vio el esqueleto, que reconoció era el de Chucha, pero cosa extraña, tan pronto la vio ya no tuvo miedo.

—Ven, mi amiga... —le dijo Chucha—, ven que quiero hablarte.

La puerta se abrió silenciosa como muerto que no hace ruido, y Esperancita se encontró con Chucha, más flaca que nunca y anegada en llanto.

—¡Amiga mía, amiga mía! ¡Cuánto tiempo sin verte! —decía Chucha mientras se abrazaban conmovidas—. ¡Cuántos años sin verte, cuántos años sin verte! —volvía a repetir.

—Cálmate, Chucha, que te puede hacer daño —le dijo Esperancita, vivamente impresionada.

Chucha se separó y la miró con gesto escéptico.

—¿Daño a mí? Hija, ya a mí no me hace daño nada. ¡Siempre la misma Esperancita! Ya a mí no me entran ni los tiros de la ametralladora y mucho menos el paredón fidelista.

La desolación se apoderó de Esperancita: el cielo, la tierra, el mar: todo inmenso y ella perdida, sin un punto de apoyo.

—¿Vienes a quedarte? —le preguntó Esperancita.

—¿A quedarme? ¡Hija, qué palabra tan rara! Ya yo ni me quedo ni me voy. ¿Es que tú no me viste en Jacomino?

—Entonces, es cierto que tú estabas en Jacomino...

—¿Y dónde iba a estar? ¿Es que podía estirar la pata en alguna otra parte?

—Juana Piedeplomo...

—Cúidate de ella, Esperancita. Está tramando en contra tuya. Yo lo sé porque tengo oídos.

—¿Juana?

—Bueno, ¡pero para lo que importa...! ¡Si te contara lo que he visto! Te lo digo yo, que estoy de vuelta. ¡Tantos afanes por Juanelo! ¡Tanta lucha! ¿Y qué? ¡Ese se quita la picazón con cualquiera! ¡Y a mí ni me importa que rasquen o no rasquen!

—Chucha, es necesario que tú... me lo digas todo...

—¿Todo? Hija, no estoy autorizada. Ya lo sabrás por ti misma.

—Pero es que todo esto yo no lo acabo de entender.

—Cuando se acabe posiblemente lo entiendas. Mientras tanto, echa un pie por donde toquen las claves. Te lo digo yo, que ya estuve de paso. Esperancita —le dijo tomándole las manos y con lágrimas en las cuencas—, todo es un tarro, todo es un tarro que no vale la pena, ni las lágrimas, ni la desolación, ni la tristeza. ¡Tantas penalidades, tantas humillaciones, tantos vómitos de sangre! ¿Y qué? ¿Por qué no se me ocurrió todo antes? ¡Me lo hubiera ahorrado todo, todo! ¡Eso es lo que no le perdono a Dios! ¡Los buches amargos que me hizo pasar como si compensaran los trancazos del goce! ¡Juanelo! ¡Juanelo! ¡Cuánta mierda es el Juanelo ése! ¿De qué me valió? ¿Para qué lo tuve? ¡Y pensar que uno no se puede morir cuando quiere, sino cuando le pasan la cuenta!

Esperancita tampoco entendía esas pláticas, que le sonaban a más allá. ¿Pero era que acaso entendía las de más acá de Juana Piedeplomo y Ramona Quindelán? Ni la de más acá ni la de más allá. Llegaba, sin embargo, a una conclusión: el sanatorio de Jacomino estaba allá, en Jacomino, y Chucha había muerto allí alguna vez, porque lo que tenía delante, claro está, era una aparecida.

—He venido a recoger mis cosas —explicó Chucha—, pero no hay ni rastro de ellas. Juanelo no pierde porque no pestañea. ¡Y mira lo que ha puesto en mi lugar!

Tenía en la mano un perchero con un vestido punzó. Se lo colocaba delante y el vestido flotaba, ancho como una sábana de sangre.

—¡Caben dos como yo!

Lo tiró violentamente sobre la cama y el esqueleto de Chucha se llevaba las manos al cráneo, tirándose de los cabellos que no tenía, en gesto de cómica desesperación ultraterrena.

—¡Yo que estoy ahora hecha hueso y pellejo! ¿Es que Juanelo

me podrá querer así? No, no por ahora, Esperancita, pero ya le llegará su momento. Todos vamos por ese camino. ¡Tendré que esperar hasta que se pudra! Entonces estaremos a noventa iguales.

Esperancita recordó a Chucha, desolada y agonizante en Jacomino. Esta otra, muy revanchista, no le resultaba simpática, por cierto. El sufrimiento terrenal había quedado atrás y el abandono de los últimos meses, Juanelo que no la iba a ver, había sido mucho más doloroso que aquella intensidad de pasión huesuda que ahora tenía frente a frente. La carne, sin duda, había sido reemplazada por el hueso. ¿Acaso todo el mundo era así, aún postmortis? ¿O era que realmente Chucha se presentaba ahora tal y como era, precisamente como era Cacha, gallina y pelleja, su contraparte terrenal?

Lo cierto era que rabiaba en la muerte, porque lo que era en la vida no podía y no le quedaba otro remedio.

—Esperancita, ¿quién se acuerda de eso?, pero yo era carne de primera. ¡Nada de falda ni de ternilla ni bazofia para la ropa vieja! ¿Para qué hablar? ¡Con decirte que a veces no me atrevía a pasar por una carnicería! Porque los carniceros se volvían locos por mí... ¡Cómo que tienen un ojo para la carne! ¡No faltaba carnicero que me quisiera meter el chuchillo para saborearme a la parrilla! Y de las pollerías ¡ni hablar! Como siempre que pasaba no hacían otra cosa que elogiarme la pechuga... Pero, ¡mejor que me calle! ¿Para qué contar pasadas glorias? No, no quiero morir en el yo tuve. No tengo, ¡y basta!, que otras no tendrán ni jota. ¡Qué se crean ellas que van a llegar a alguna parte! ¡A ninguna, a ninguna! ¡Aquí no se hace otra cosa que roer el hueso!

Esperancita se alarmaba ante tanta carnalidad de ultratumba. ¿Era esta la infeliz Chucha que ella había conocido, o el más allá le jugaba una de sus malas pasadas y le mandaba gato por liebre? Porque ésta más se parecía a la insolente Cacha, despellejada y regresando. ¿Acaso Cacha se había muerto? Cuando oía hablar así a Chucha, pensaba que entre ella y Cacha no debía haber mucha diferencia y que a la larga no era otra cosa que una cuestión de carne cubriendo al hueso.

Pero un poco más desolada, le pareció reconocer la antigua voz de Chucha, que se perdía en un vacío.

—¡No vengo a quedarme ni vengo a irme! ¡Ni vengo ni me voy! ¡Cuánta mierda, Esperancita! ¡Cuánta pero cuánta! ¡Y óyelas tú! ¡Que si Batista se fue en el pájaro de plata! ¡Que si el barbudo bajó de la Sierra! ¡Cuánto discurso! ¡Cuánta historia que lo absolverá! ¡Mierda, Esperancita, mierda! ¡Te lo digo yo que sé lo que es el olfato! ¡Y lo peor de todo es que donde yo estoy también apesta!

Chucha había alzado la voz de tal modo que Esperancita temió que vinieran los vecinos. O lo que podía ser peor, que alguien del Comité de Barrio se pusiera a decir que allí se hacía contrarrevolución. No había duda que a ese tipo de chamusquina pertenecía la incrédula Chucha, que viniendo de donde venía, como es natural, no podía creer en la paz de los sepulcros y mucho menos en el chachachá de la Revolución.

—¡Esperancita! ¡Esperancita!

Era la voz de Ramona Quindelán que la llamaba desde la planta baja. Nunca antes le había parecido tan melódico el chillido de la sujeta aquella.

—Con tu permiso, Chucha, pero tengo que irme —y agregó sin saber exactamente por qué lo decía—: no quiero levantar sospechas.

Chucha le respondió con cierto sarcasmo:

—Con tal que no levantes falsos testimonios...

—¡Esperancitaaaaaa! ¡Esperancitaaaaaa! —volvió a llamar la Quindelán con voz perentoria.

—¡Vete, mujer, vete! Y no te despidas, porque el que se despide no vuelve. No te preocupes, que quieras que no ya nos veremos. ¡A lo mejor hasta más pronto de lo que tú crees!

Esperancita se quedó perpleja.

Ramona la seguía llamando, insistente y perentoria, pero al mismo tiempo era una voz que se iba, como si ella misma se fuera, su propio nombre, para no volver.

—¡Esperancitaaaaaaaa! ¡Esperancitaaaaaaaa!

Salió al pasillo y el céfiro la alivió, pero no podía gritar. Asomó la cabeza al abismo y vio la planta baja, el sólido cemento contra el cual bien podría destarrarse. Una voz la llamaba como si fuera la boca abierta de una ballena y del fondo de ella surgiera la emisión radiofónica.

—¡Citaaaaaaaaa! ¡Citaaaaaaaaa!

¿Acaso Chucha la iba a empujar por detrás para que se cayera? Apenas pudo balbucear:

—Ya voy... Ya voy... Bajo en seguida...

Volvió la cabeza, porque estaba segura que Chucha estaba detrás. Pero no estaba, como en las buenas películas de misterio. Las persianas del cuarto de Cheo estaban herméticamente cerradas y no había luz de veinticinco bujías que se colara por las rendijas.

Se atusó el pelo con la mano seca, se emplazó la sayuela en su lugar y se dispuso a descender por el metabolismo.

Cuando ya estaba llegando a la planta baja se encontró con Juanelo, que venía indecentemente abrazado a Cacha. Cacha vestía de punzó (el mismo modelo que Chucha le acababa de enseñar) y las masas querían saltárseles para afuera. El primer impulso que tuvo fue detenerlos, pero se dio cuenta que no tenía nada que decir. Además, después del incidente con Juanelo por la mañana, posiblemente éste no tendría muchas ganas de volverle a dar a la sinhueso con ella. Sin embargo, no era así:

—¡Y yo que creía que ibas a estar colando! —le dijo Juanelo.

Los dos venían con careta, como es natural. Cacha venía con la careta de «damisela encantadora por ti por ti yo muero si me miras si me besas damisela serás mi amor», pero el cuerpo era inconfundible. Aquellas nalgas que Juanelo le tocaba no podían ser de otra y en eso todo el mundo la reconocía a la legua. En cuanto a Juanelo, venía con la careta de «pimpollo de ruda se orina en la cama y dice que suda», que era su favorita.

—Si... hubieran... llegado... un... poco... antes... —balbuceó Esperancita, que no sabía qué decir.

—¡Si me hubieras dicho que te le ibas a correr a Panchín!

—¡Ay, Juanelo, no seas bromista!

—Por cierto, ¿qué hace Paco por Jacomino? —espetó Cacha.

—¿Pero... estaba por Jacomino? —preguntó Esperancita con asombro.

—¿Tú no lo sabías?

—No, salió pero no me dijo que iba a ir por Jacomino.

—Chica, espero no haber cometido una imprudencia —dijo Cacha con voz de damisela enmascarada.

—¿Pero qué tiene que ver que ande por Jacomino? —contestó Esperancita, que muy a pesar suyo estaba picada—. ¿Acaso Jacomino no es por el estilo de La Lisa?

—Chica, te diré. La gente de La Lisa no piensa lo mismo.

—¿Pero a qué carajo viene esta conversación sobre La Lisa y Jacomino? —interrumpió Juanelo evidentemente encabritado—. Oyeme, Esperancita, la verdad es que a ti no se te va a poder dirigir la palabra. ¿Qué bicho te ha picado?

—Más vale que le preguntes a Chucha qué hacía ella por Jacomino —contestó Esperancita que ya tenía el moño virado.

—«Jacomino, ciudad que progresa» —replicó la damisela con un eslogan

—¡Ese es Marianao!

Estaban a punto de irse a las manos. Esperancita no sabía exactamente por qué se sublevaba de ese modo. Tal vez porque Juanelo y Chucha tenían algo que ella había perdido desde que Pancho, o Panchín, o quien fuera, se tragó el último café con leche. ¿Qué más le daba a ella que Cacha estuviera o dejara de estar por Jacomino? Pero de pronto le pareció significativo que ella hubiera ido a Jacomino. Acaso... acaso... ¿había ido al sanatorio?

—¿Por qué fuiste a Jacomino? —le preguntó Esperancita con voz natural, en tono pacífico.

—Es que... —y Chucha le contestó balbuceante e indecisa, como si la hubieran cogido de atrás para alante y de alante para atrás—. Es que... fui a ver a mi tía Emiliana.

La voz le temblaba, como si tuviera miedo. En las cuencas de la damisela pudo descubrir Esperancita el pánico. Y Esperancita era muy sensible. Si la carne no la conmovía, el pellejo la hacía llorar.

—No te pongas así, Cacha. Tú verás que no es nada. No hay mal que dure cien años...

—Ni... cuerpo... que... lo... resista... —balbuceó Cacha.

—¡Ni médico que lo asista! —terminó Cheo de sopetón, empujando las nalgas de Cacha para arriba.

—¡Esperancitaaa, pero acabarás de venir! —le grito una voz desde la oscuridad al pie de la escalera.

—Ya voy... Ya voy... —dijo Esperancita sin volver la cabeza.

Las dos máscaras se volvieron una vez más y le sonrieron, pero los cuerpos estaban hacia arriba y no la escuchaban ya. Pensó en Chucha, pero tan confundida estaba Esperancita que no sabía de quien compadecerse, del placer o del dolor de aquel erótico triángulo macabro. Además, todo era sospechosísimo y el regreso de Jacomino de «aquella mujer» le parecía cosa rara. Porque, ¿quién regresaba? ¿Acaso... Cacha se había recuperado? No, no era posible. Desechó la idea. Era una verdadera locura. Además, ella misma la había visto morir y recibió en pleno rostro el último esputo de sangre. Por consiguiente no era posible... Y, por otra parte, acababa de sostener una conversación larga y tendida con... «la otra». Claro está que después de todo una nunca puede reconocer a una persona ni por el hueso ni por el culo. ¡Los esqueletos tenían aquella impersonalidad tan marcada! ¿Quién le podía asegurar que aquel esqueleto rumbero era auténticamente el de Cacha? ¿Acaso no se asemejan como un huevo al otro —repitió— el del hombre y el orangután, salvo en el tamaño de los órganos? ¿Y si Chucha había sufrido un accidente automovilístico o la habían mandado al paredón por gallina? Los pensamientos se le agolpaban pidiendo luz verde. ¿Y la mascarita? ¿Quién le podía asegurar que la damisela no escondía el pico de la gallina? Porque aquello de «te conozco mascarita aunque vengas disfrazada» no funcionaba frente a aquel embrollo. Todo podía esperarse. Fidel había dicho que las pondrías en cuaresma y que las mandaría al centro de adoctrinamiento para hacerlas buenas ciudadanas del Comité de Barrio; con su dosis de trabajo voluntario en los tumbaderos de caña, donde sin duda pondrían en función el trapiche de la experiencia. Cualquiera que fuera el caso, la confusión era evidente y estaba segura que aquello terminaría en guantanamera, suceso del día en décimas cantadas. Porque, ¿qué iba a pasar cuando Juanelo se encontrara encuero frente a Cacha, o frente a Chucha, o frente a Cacha y a Chucha, o como él decía, frente a la mismísima Cachucha?

La habitación de María estaba abierta de par en par, como un cuadro. Nunca faltaba la protectora velita. María hacía calceta y José dormitaba en el sillón, como era su inveterada costumbre.

—¿Ha visto usted a Juana Piedeplomo? —preguntó Esperancita.

—Hace un ratico pasó por aquí, Esperancita. Iba con Ramona Quindelán.

—¿Por qué no se anima usted y sale un rato?

—¿Cómo voy a salir? ¿No ves que estoy haciendo calceta para mi hijo?

Y le enseñó el paño. Efectivamente, el Hijo descansaba en el regazo de la Madre, el cuerpo exánime, la cabeza que no se sostenía ya por sí misma. Entonces levantó el paño, que naturalmente estaba firmado y decía, como era costumbre, «Miguel Angel».

La imagen era intensamente blanca, porque era de mármol, y el fondo azul que le habían colocado tenía una fuerza celeste.

—En España me hubieran hecho policromada. Para impresionar, ¡como son tan exagerados!

—Usted está mucho mejor así —le contestó Esperancita, que sin duda no sabía de lo que estaba hablando.

—¡Vete, Esperancita, vete, que Juana Piedeplomo no cree en nadie! ¡Como se ha cogido la Revolución para ella sola! Eso sí, no creas en su llegada hasta que yo te avise.

Desde la otra habitación llegó una voz, pero Esperancita no la pudo reconocer ni pudo verle la cara.

—No deberías decir eso, Madre, que te pueden mandar a matar. No deberías decir eso, Madre, que te pueden mandar a matar.

La Madre se puso de pie y miró hacia el hueco de donde venían las palabras.

—¿Y qué me puede importar? ¿No he sufrido bastante? ¿Es que me queda por sufrir más todavía?

—Más todavía... Más todavía...

El cuerpo que tenía en las piernas rodó por el piso y vino a caer a los pies de Esperancita. Tenía un letrero que decía: «En tu nombre se cometen crímenes todavía».

—Esperancita, muchacha, ¿qué te pasa? ¿En qué piensas? ¡Bájate de esa nube, muchachita! —le dijo afable y cariñosa Ramona Quindelán—. Hace más de media hora que te estamos esperando.

—Es que... Es que quería dejarle también su poco de picadillo...

—Juana se va a poner furiosa. ¿No sabes que la Revolución es lo primero? Chica, más vale que te pongas para tu número. Por cierto, en la esquina de Galiano y San Rafael (¡ay, chica, la otrora Esquina del Pecado!) están recogiendo firmas para ir a cortar caña, ¿qué te parece? ¿Nos llegamos a poner la rúbrica?

—A mí me parece que sí —contestó Esperancita maquinalmente.

Caminaron por los soportales. Había una empujatiña tremenda. Pasaban las gentes tirando confetis y serpentinas, como en los mejores tiempos del grausato, cuando los carnavales eran tan alegres. Pasaron unos románticos: —Volverán las oscuras golondrinas, en tu balcón sus nidos a colgar! —La chica le respondió con voz melancólica—: ¡Esas... no volverán! ¡Esas no volverán! —Y unos tipos de relajo, de esos típicos cubanos que siempre había y que pasaron en el momento de la consonancia, le llenaron con grosería la estrofa, sin romper la métrica del verso «¡Otros los colgarán! ¡Otros los colgarán!» —Las risotadas de la chusma repercutieron en el propíleo de la Cofradía de los Millonarios. Allí estaba en primera fila Juana Piedeplomo.

—Ramona, ven para acá, chica. ¿Por qué te demoraste tanto, Esperancita? Recibí llamada de Ferragut desde Palacio. Dice que como él no puede estar en todas, me nombraba asesora técnica en la intervención de la Cofradía. ¡Figúrate, el ujier, que siempre se llevaba las mejores propinas, quería hacerse interventor general! Pero, qué va, no dejé que me diera la mala. Llamé al cuartel de bomberos y enseguida se lo llevaron preso. No pudo decir ni pío, porque le metieron un manguerazo por la boca que por poco lo ahoga. Sigo instrucciones directas de Fidel, porque El Gordo es su mano derecha. ¡Figúrate, Ferragut lo rasca cuando le pica y no puede hacerlo! En fin, que estamos en contacto directo. ¡Una suerte loca! Desde que le mandé a Fidel aquella pomadita china para los dolores de cabeza, la que se puso en la Sierra después del combate del Marabú, me está eternamente agradecido y dice que me nombrarán farmacéutica. ¡No tiene dónde poner a Ferragut! El Gordo es hombre de confianza y es siempre el que le espanta los guasones a tiros. Yo le dije a Ferragut que prefería intervenir el Centro Vasco o la Casa Suárez, porque a mí me encanta el bacalao a la vizcaína y en la Casa Suárez hacen unos dulces de primera, pero dice El Gordo que aquí se sopla mejor porque hay mármoles de Carrara. Además, que los de Malecón 11 ya han intervenido al vasco y los de San Lázaro le han metido mano a Suárez. En fin, que hay una competencia loca y si no me apuro me quitan el mando de la Cofradía, porque llego tarde. Es una vergüenza. Fidel va a tener que tomar cartas en el asunto, pues todo el mundo se quiere hacer revolucionario y hay que estar ojo avizor. Menos mal que yo tengo un ojo de cíclope por detrás y nadie me pasa sin que lo detecte. ¡No, no, si el que pestañea pierde porque aquí el que no corre vuela! Pero entren, chicas, que están en su casa. ¡Miren esa mesa de billar! ¡El tapete verde! ¡Miren aquel juego de dominó que tenía un par de doble nueves! Porque hija, eran unos tramposos, además. ¡Se hacían trampas entre ellos mismos! Menos mal que ya han matado a media docena. ¿Y qué me dicen de los dados? Estos eran de Antonio Pío, que estaban cargados. ¿Y qué me cuentan de la baraja? En aquella mesa que ustedes ven allí venía Marta la de Batista a tirar la suya, ¡y se hacía trampa! ¿Y ustedes que piensan hacer? ¿Ya firmaron para el corte de caña?

Juana Piedeplomo había hecho finalmente una pausa. Esperancita Portuondo se sentía mareada y se dejó caer en un sofá de cuero que había en el hemiciclo. El cuero del sofá le pareció refrescante, como el céfiro, pero todo le daba vueltas. Las emociones de la Revolución la tenían en vilo. Hubiera querido encontrar a alguien en quien apoyarse, pero ni siquiera tenía confesor fijo. Juana Piedeplomo sí parecía haberse encontrado a sí misma, como si la Revolución la hiciera más sólida y como si todo un mundo que resultaba dudoso fuera una verdad en ella. ¿Acaso no sería entonces aquella mujer el único asidero posible? Claro está que ella no iba a poder contarle a Juana las visiones que había tenido de un tiempo para acá, ni siquiera la presencia de aquella mosca en el ojo que le nublaba la visibilidad como si el chofer de la guagua la manejara bajo un aguacero y no tuviera limpia-parabrisas. Esas cosas no las iba a poder contar jamás, so pena de fusilamiento. Por otra parte, Chucha (o el esqueleto de Cacha) le había dicho tras la mascarilla de damisela que se iban a ver más pronto de lo que tenía pensado. ¿Era que acaso la Revolución la iba a llevar a juicio por tener apariciones (y la palabra no la puso ella) místicas? ¿Era que era, sencillamente, espiritista, y tenía poderes dados por Changó y ellos iban a ser la perdición que se le tenía deparada? ¿Católica o yoruba?

Ramona Quindelán estaba fascinada.

—¿Tú crees que me pueda llevar esta silla? —le preguntó a la Ferragut—. Tú sabes que la que tenía en la cocina se le partió una pata.

—Hija, claro, pero no tienes que pedir. Recuerda que lo que yo tengo es tuyo y lo que tiene la Revolución es de todos.

Un grito ronco, que venía de los altos, interrumpió la amigable charla:

—¡Compañera Piedeplomo! ¡Compañera Piedeplomo!

La Ferragut se puso de pie de un salto, ya que ella también se había tirado en uno de los butacones.

—¡Cuando yo les digo que no hay descanso!

No había acabado de poner en alto su protuberancia, cuando apareció un miliciano patatico y barbilampiño, pálido como la cera, cosa que ya es decir.

—¡Compañera Piedeplomo, compañera Piedeplomo, que ha aparecido un contrarrevolucionario en el escaparate del baño que usaba Antonio Pío!

El miliciano venía tan desencajado que a la Ferragut le pareció improcedente.

—¡Compañero, suba la metralleta!

El joven recobró en algo la compostura y trató de ponerse la metralleta en su lugar. «Este es un colado», pensó Juana. «Bien se ve que nunca estuvo en la Sierra. Lo voy a reportar».

—¿Y está armado?

—Eso no se sabe, compañera, porque está cerrado por dentro.

—Pues habrá que sacarlo para afuera.

Ramona Quindelán se había puesto de pie, pero Esperancita se sentía desfallecida y permanecía tirada en la butaca.

—Vamos, Esperancita, que esto se pone bueno.

—Vamos, chicas, que tengo que subir para arriba—, explicó la Ferragut y le metió pata a la marmórea escalera.

En el piso alto, efectivamente, había un alboroto como otro cualquiera, aunque no todos estaban metidos en el baño. La terraza que daba al Malecón estaba llena de gente que miraba el Desfile de Carnaval y tiraba serpentinas.

—¡Que está pasando la Reina del Carnaval! ¡La Reina del Pueblo! —gritaron algunos.

—Vayan ustedes a verla, porque yo estaré ocupada con este

asunto. ¡Quién pudiera verla, porque dicen que es una monada! Pero primero la obligación y luego la devoción.

Ramona no sabía qué hacer, pero al fin se decidió y siguió a Juana para los baños.

Efectivamente, allí estaba el inmenso escaparate de Antonio Pío, donde éste acostumbraba a guardar la ropa. Era un escaparate de caoba, tamaño elefante, con dos inmensas lunas ovaladas.

—¡Qué lindo escaparate, Juana! —comentó Ramona mirándose al espejo y atusándose los cabellos con la mano seca—. ¡Qué luna tan llena! —dijo al ver que se reflejaban todos las demás—. ¿Tú crees que me lo pueda llevar?

—Después que le abramos el vientre —dijo Juana, que a cada momento se volvía más bíblica.

—Lo que le digo, compañera, ese esbirro de Batista se ha encerrado por dentro —explicó el milicianillo de mala muerte.

—Pues métele mano a la metralleta —ordenó Juana.

El miliciano dio un paso atrás.

—Pero, compañera... es que... podríamos matarlo.

Juana lo miró con una mirada tan honda y tan dura que el miliciano sintió que la metralleta se la habían enterrado en la pupila. Después se dirigió al escaparate y dio dos imperiosos golpes sobre la caoba con los puños cerrados.

—¡Patria o Muerte, Venceremos! ¡Abra en nombre de la Revolución Triunfante!

La callada por respuesta.

—Compañero —dijo volviéndose al miliciano—, dele cuerda a la metralleta.

El miliciano vaciló por un instante, pues seguramente no la había usado antes, pero se llenó de coraje y se escuchó una temblequeante e indecisa ráfaga que hizo saltar las lunas en un millar de pedacitos. Al mismo tiempo una puerta se abrió y saltó nada menos que Ferragut, gordo y encuero.

Ambos hechos espantaron a la infeliz Juana, que perdiendo su coraje revolucionario, se cayó otra vez de trasero. Se tapó los ojos mientras Ramona Quindelán, que los tenía abiertos, gritó:

—¡Una toalla, compañero!

El espectáculo era francamente indecoroso, y Ferragut trataba de ocultar lo que podía, una mano alante y la otra atrás, pero justo es decir que sus poderes eran limitados. El miliciano, sin dejarlo de apuntar con la metralleta, le alcanzó una toalla que en los estantes habían colocado a los efectos.

Ramona le dio una mano a Juana para ayudarla a levantarse.

—¡Qué pena, pero qué pena! —decía Ramona.

—¡Qué se le tome declaración al acusado! —ordenó Juana, todavía con los ojos cerrados.

El acusado, más presentable ahora, se había envuelto en la toalla.

El miliciano hizo las veces de escribiente. Anticipó el fátum.

—Nombre del occiso (sic).
—Gaudencio Ferragut.
—Dirección postal.
—Palacete de la Quinta Avenida.

Ramona Quindelán se quedó con la boca abierta y se tragó una mosca. Juana perdió el control y la compostura propia de una compañera revolucionaria y como una chancletera cualquiera, que eso era lo que era, con los puños cerrados como si Ferragut fuera un escaparate de caoba de la buena, se lanzó sobre el occiso, le empezó a pegar en el pecho y por poco lo despoja de la emergente vestimenta.

—¡Miente! ¡Miente! ¡Miente!

Tuvieron que separarla casi a la fuerza.

—Estado civil.
—Casado.
—Nombre de la media naranja.

Ferragut tragaba en seco. El miliciano, que la había cogido en el aire, se alegraba de la situación, no por el esbirro sino porque a la Piedeplomo la tenía atravesada.

—Nombre de la ocamba.
—Dulce María Rodríguez Capestany de Ferragut.
—¿Amancebado?
—Sí —dijo inundado de vergüenza.
—Nombre del gollejo.

Vaciló, pero al fin lo dijo.

—Juana Piedeplomo.

Juana estuvo a punto de lanzarse nuevamente sobre él, pero las manos piadosas de Ramona y Esperancita la contuvieron.

—¡Miente y mil veces miente! ¡Ese no es Gaudencio Ferragut! ¡Ese no es mi marido! ¡La Revolución tiene que hacer justicia, compañeros! ¡Ese es un impostor! ¡Ese es Antonio Pío! ¡Está disfrazado para los carnavales!

Ramona en vano intentó calmarla.

—Juana, hija, calma, entra en razón. Ese es El Gordo Ferragut. Se han visto casos así. Ya te explicó la compañera responsable de la clase de adoctrinamiento que en la Revolución rusa se vieron cosas semejantes. No serás ni la primera ni la última. ¡Se han visto tantos casos! Además, ¿cómo puedes decir que ese hombre está disfrazado? ¿Acaso no lo has visto —y se hizo la corrección—, no lo hemos visto en... pelota?

—¡Ese no es Ferragut! ¡Ferragut está en Palacio y es la mano derecha de Fidel Castro! ¡Ese no es Ferragut! ¡Que le quiten la piel y verán que no es Ferragut!

Esto último asustó al pobre hombre de tal modo, que exclamó haciendo un gesto de martirologio...

—¡Pero Juana...!

Juana se alzó como una diosa mitológica. Los cabellos eran los de la Medusa.

—¡Miente, miente y mil veces miente! ¡También se vieron en Rusia casos como éste! ¡Hombres que mataban a otros hombres y después se ponían la piel para hacerse pasar por otros hombres! ¡Cuántas veces tuvo Lenín que recurrir a tales extremos para descubrir a los verdaderos enemigos de la Revolución bolchevique!

Había en sus palabras, en sus gestos, una impresionante grandeza.

El miliciano siguió tomando declaración, como si oyera llover.

—Marca de nacimiento.

—Ninguna.

—¡Cogido en falta, compañero de la retaguardia! Ese hombre vuelve a mentir. Gaudencio Ferragut —y Juana decidió arriesgarse pero tenía necesidad de limpiar su mancha—, mi legítimo marido por la Iglesia Católica Apostólica y Romana, tiene un lunar poco antes de la terminación de la columna que se proyecta en la espalda, en el área donde ésta está a punto de perder su nombre y ganarse el peyorativo.

—En ese caso... —balbuceó el miliciano.

—¡Procedamos a la inspección ocular del occiso! —exclamó Ramona Quindelán con repugnante malicia de instrumento cuya nota no ha sonado.

Ferragut, a petición del pusilánime miliciano, tuvo que volverse. En los baños de la Cofradía se podía escuchar el vuelo de una mosca, tal era la tensión, a medida que se producía, lento y pesaroso, el descenso de la toalla. El extremo pasó, pero la rúbrica de Gaudencio Ferragut no fue ni siquiera falsificada en este caso. La toalla cayó el suelo.

—¡Mancha que limpia! —gritó eufórica Juana Piedeplomo de Ferragut—. ¡Yo soy Juana Piedeplomo de Ferragut! ¡Patria o muerte. Venceremos! ¡La Revolución ha hecho nuevamente justicia!

Inmediatamente Juana Piedeplomo se sintió dueña de sí misma. Salió del baño, buscó el auricular y marcó el número de Palacio.

—¿Palacio Presidencial? ¿Me puede poner con Gaudencio Ferragut, la mano derecha de Fidel Castro?

Le dijeron que allí no conocían a ningún Gaudencio Ferragut. Por un momento la buena mujer se quedó sin vocablo. Tenía encima a la maligna Ramona Quindelán y temía hacer un gesto que pudiera delatarla. Era necesario que nadie supiera que allí en Palacio nadie conocía a Gaudencio Ferragut, porque entonces aquello podría despertar sospechas y podría intentarse otra vez el penoso asunto, descubriéndose, ¡quién sabe!, la inocencia del acusado. Haciendo de tripas corazón, dijo por el transmisor de voces:

—Sí, sí, comprendo, compañero. Le habla la compañera Piedeplomo, de aquí de Malecón 15, la antigua Cofradía de los Millonarios. Que descubrimos un esbirro en el escaparate de Antonio Pío y hay que mandarlo para La Cabaña.

Le preguntaron el nombre del occiso.

—Alias... —tragó en seco—, Gaudencio Ferragut.

Al poco rato llegó un cola de pato convertido en perseguidora. Se bajaron doce milicianos con metralleta y avanzaron por el recinto de la otrora impecable mansión. Juana Ferragut avanzó y se cuadró ante el que parecía jefe de la cuadrilla.

—¡Patria o muerte, Venceremos! ¡Juana Piedeplomo, Interventora de la Revolución!

—¿Dónde está el ocioso, compañera?

—Está en el cuarto de baño cubriéndose las partes vergonzosas, mi Capitán. Es tipo peligroso, mi Comandante, porque se hace pasar por Gaudencio Ferragut. Hay que darle candela para hacerlo hablar, mi Teniente. Ferragut es un patriota que ha luchado contra la Enmienda Platt desde que los yanquis nos quisieron enmendar la plana.

—¡La Revolución hará justicia, compañera! En caso más gordo nos hemos visto y lo hemos mandado al paredón.

—Pero es necesario que se aclare la identidad.

Ramona Quindelán quiso meter la cuchareta.

—A lo mejor el occiso es «Muerte Violenta», el asesino a sueldo de Batista.

—El ocioso será otro, porque a ése ya le metimos la metralleta.

De pronto se oyeron unos gritos en el piso de los altos.

—¡Fuego a la lata! ¡Fuego a la lata!

Y se escucharon unas descargas.

Juana quería tener valor, pero el corazón se la traspasaba. Lo sentía atravesado por siniestros puñales, como la Virgen de la Encarnación. Ramona, más maligna que nunca, la sostuvo para que no cayera la infeliz mujer.

Lo que le restaba de conciencia empezó a chivarla. ¿Cómo había podido hacer tal cosa con El Gordo que soplaba regular? Pero, ¿era que El Gordo que soplaba regular había tenido escrúpulos para decir delante de aquella hiena por todos conocida que era Ramona Quindelán que ella no era su legítima media naranja sino el gollejo que había dejado el naranjero? Si aquél era Gaudencio Ferragut, bien merecido se lo tenía, y si no lo era, más merecido se lo tenía, por enredador y mentiroso. ¿Acaso, de ser cierta tal cosa, no la dejaba manchada para siempre a los ojos de Malecón número 13? ¡Ella, que se había vendido siempre por muy señora! Claro que eran pruritos burgueses muy mal vistos por Fidel, pero, ¿qué se iba a hacer? ¿Acaso no la habían casado —¡ojalá su boca fuera santa!— con la mentira y la habían hecho vivir con el engaño? Tenía que confesarse a sí misma que su dignidad de mujer calderoniana (y la idea no era suya) no le permitía otra posibilidad. Se juzgaba culpable, pero al mismo tiempo tenía que justificarse. ¿Cómo había podido llegar a tanto, inventando un lunar en salve sea la parte, sabiendo que El Gordo no tenía ninguno? Y sin embargo, aquel truco había funcionado. Ramona Quindelán era testigo que ella nada tenía que ver con el ocioso occiso. Además, ella misma no estaba segura ni de una cosa ni de otra, y con esa esperanza iba a vivir. Es más, que tenía que buscarse a alguien que se le pareciera al difunto —¡que ya lo llamaba así!—, para reafirmar su solidez revolucionaria delante de Ramona Quindelán. Además, ¿si aquel hombre era ciertamente Ferragut, como se podía explicar que horas antes la llamara desde el Palacio Presidencial? ¿Acaso tenía teléfono en el interior del escaparate? Claro que en Palacio le habían dicho después que no era conocido, pero quizás se hubiera equivocado de batería y es posible que el regidor hubiera hecho un juego de contacto erróneo. ¿Erróneo? ¿No había llegado aparato que se mueve solo con generador acústico que suena? En fin, que a menos que apareciera Ferragut —y aún así— no iba a estar segura del caso. Quizás hasta fuera un primo hermano de él, que mucho se le parecía y que siempre les había tenido ojeriza. En ese caso su conciencia estaba tranquila. Y si ningún Ferragut aparecía, pensó con clarividencia de práctico sentido, quizás podría buscar al tal primo para que hiciera las veces de Ferragut y así despistar completamente a Ramona Quindelán.

Al finalmente occiso lo bajaron en una camilla. Juana cerró los ojos para no verlo, pero de todos modos estaba tapado de pies a cabeza. Le habían puesto por encima un letrero que decía, «Muerte violenta».

Al miliciano de guardia, por cobardón, se lo llevaron preso.

Durante todo ese episodio Esperancita Portuondo había permanecido retraída, haciendo el honroso papel de testigo de cargo. Cualquiera que fuera la verdad del caso (que lamentablemente quedaba bien a oscuras), Juana Piedeplomo estaba sufriendo una auténtica crisis por mucho que la mujer quisiera disimular. ¡Y ella que había pensado poco antes que Juana era el yo no me equivoco!

Ramona Quindelán, sin duda, se regocijaba de la situación y pensaba: «¡Pura la Coja no será la única! ¡Quién lo iba a decir!» Ramona veía ahora inusitadas perspectivas, porque si Juana Piedeplomo caía y dejaba de ser el más sólido pilar revolucionario de Malecón 13, ¿quién la iba a sustituir? ¿No le correspondía a su íntimo lugarteniente Ramona Quindelán, siempre y cuando, claro, Ramona se limpiara de mancha previamente contraída? ¡Quizás algún día ella pudiera ocupar la suite con vista al mar que hoy era preciada pertenencia de Juana Piedeplomo, así como aquella recámara que otrora ocupara el hoy difunto Ferragut!

—¡Chica, creo que nos debemos ir! ¡Tú estás tan ocupada! A la verdad que nunca imaginé que tu trabajo fuera tan peligroso. —Y agregó con intención: —¡De vida o muerte!— Se volvió a Esperancita: —¿Verdad, Esperancita?

Esperancita no quería comprometerse.

—¡Pa triiiia oooooo mueeeeer teeeeee...! ¡Veeeeeen ceeee re mooooooos!

Y salieron hacia Malecón. Victoria I del Pueblo, la Reina del Carnaval, pasaba todavía, pues a la carroza se le había ponchado una goma y no podían encontrar repuesto. La Revolución a veces tenía que hacerle frente a inconvenientes como ése, debido al bloqueo del imperialismo yanqui. Victoria —a la misma que se llevaron presa dos años después por haber hecho este papelazo— todavía saludaba a la antigua usanza de Atlantic City, pues, a pesar de todo, el pueblo se había aburguesado a la americana y Fidel no había podido desarraigar del todo algunas arcaicas costumbres. Pero se haría lo posible.

Mientras tanto, Juana Piedeplomo no quiso perder tiempo. Era imprescindible hacer cualquier cosa para mantenerse firme en su lugar y la situación reclamaba audacias. Haciendo de tripas corazón puso manos a la obra. Era necesario acabar con la sombra de una duda que había caído sobre el apellido Ferragut. En primer lugar, tendría que impresionar a Ramona Quindelán y probarle que ella podía estar, ya en el castizo puchero, ya en la criollísima sopa.

Como lo presintió, a Ramona Quindelán le entró hambre.

—¿No te comerías un bacalao a la vizcaína?

El olor que venía del Centro Vasco había incitado a la Revolución.

—Pero... —balbuceó la balbuciente Esperancita— yo no tengo con... qué...

—¿Acaso no tienes boca?

—Bueno, Ramona, es que no tengo dinero.

—¿Y para qué tú crees que tenemos Revolución? ¿Para no comer bacalao a la vizcaína?

El olor que se había fijado en el aire como un documento histórico «Había una vez...» ¿Acaso se trataba de un cuento de hadas?

Ramona tiró del brazo a Esperancita y se lanzaron a la conquista del bacalao.

Delante del Centro Vasco había una cola como de una cuadra y tuvieron que esperar como dos horas, pero como al mismo tiempo podían ver el carnaval, se entretenían. Además, ¿qué otra cosa podían hacer a aquellas horas de la noche?

Pasaron algunos camiones cargados de barbudos. Los barbudos cantaban la Internacional y también habían algunas milicianas a las que les sobaban las nalgas, que por igualdad de situación se volvían compañeras. La alegría era muy grande y el fervor revolucionario era de Placetas. Entre sobada y sobada prorrumpían con vivas a Fidel y a la Revolución y ningún orgasmo era considerado digno si no se decía en medio del mismo aquello de «¡Patria o Muerte, Venceremos, compañero o compañera, según el caso!»

Aquello de «compañeros son los bueyes», que tanto se decía en la república como símbolo de la lucha contra el capital, y que a su vez representaba la innata división de la clase obrera, había sido terminantemente prohibido por la Revolución, hasta el punto de que el que no aceptara el vocativo iría con toda seguridad al paredón. La gusanera revolucionaria corría la bola del falso compañerismo de las nalgas, separadas sin embargo ideológicamente. Lo mismo ocurría con aquello de «no tumbo caña que la tumbe el viento con su movimiento», que cantaba Luis Candela aquel día que fue a cortar caña y no quería y acabó preso.

De todos modos la cola era divertida, aun en aquellos tiempos, y se seguía la tradición nacional y algunos chistes contrarrevolucionarios se colaban; con peligro de muerte, claro. Al choteo le habían metido un cohete en el redondel, ¡pero era tan típico! Esperancita no quería reír ni un chiste, por si las moscas. Cautelosa, dejaba de ser aquella que ripostó otrora a Juanelo, y palpitaba el temor que se acrecentó después de ver a Pura la Coja. Ramona tomaba nota mental para llevar algunos nombres a la próxima Internacional de Comités de Barrios. De todos modos el olor a bacalao era ensordecedor y algunos hombres primitivos se sentían atraídos por él como animal en celo. Aclaremos sin embargo que el olor a bacalao era un artificio técnico, una ilusión del metabolismo, como ya veremos.

—A mí me encanta hacer cola para comer bacalao a la vizcaína —decía Ramona Quindelán.

—¿Pero saben ustedes que Aristigorrea, el gallego que controlaba la importación del bacalao y que era el propietario del Centro Vasco, cogió el Ave Fénix?

—Niña, pero si eso es cosa vieja. Ahora está en Miami y abrió un «supermarket» de bacalao en la calle 8.

—¿Y tú cómo lo sabes? —preguntó Ramona a la colada, que se le hacía sospechosa.

—Bueno... —balbuceó ésta dándose cuenta que había metido el delicado pie—, no lo digo yo sino que me lo dijo Eufemia. Si no, ¿cómo iba a saberlo? Pero Eufemia —y a mí no me preguntes por qué— sabe hasta donde la Quenedi puso el huevo.

—Así que ella tiene...

—Con los millones, ¿cómo no iba a tenerlos? A montones, Lola.

—Compañeras —dijo Ramona—, lo que les puedo decir es que ese bacalao no puede oler como éste.

Una vieja contrahecha y con aspecto oficial de gusana contrarrevolucionaria, dijo con esa audacia de las viejas muertas:

—¡Claro! ¡Cómo aquí han puesto al Camay en cuarentena!

Ramona Quindelán se enfureció.

—¡Y después dicen que Fidel es malo! ¡Pensar que no ha mandado al paredon a las viejas!

Al fin les llegó el turno, no sin que antes Ramona le diera un par de pisotones a la vieja imperialista.

—¡Debi haberle arrancado los aretes!

Entraron las dos. Esperancita se sentía fuera de lugar y se dio cuenta que siempre había querido entrar en el Centro Vasco y que nunca había podido. En verdad había sido injusto y comprendía que aquello había sido un sueño que la Revolución había convertido en realidad. ¿Acaso estaba en uno de esos momentos de lucidez política en los cuales la conciencia revolucionaria alumbraba como un bombillo de la idea? Su madrina había hablado de una sopa que había comido una vez en el Castillo de Farnés, el restaurante de la bahía, y con aquel gusto remoto había muerto. Ella ni siquiera había tenido aquella remota posibilidad y había tenido que venir una Revolución redentora para poder sentarse a comer un bacalao a la vizcaína. ¡Se sentía conmovida! Después de todo, se alegraba de que Aristigorrea se hubiera ido en el pájaro de plata.

Pasado un momento, todo empezó a resultar familiar, sin embargo. Un camarero sucio y con los puños de la camisa que se los comía el mugre, las llevó hasta una mesa con un mantel blanco lleno de manchas de aceite y de residuos rojizos del tomate del bacalao. Como no había tenido tiempo de graduarse la vista, no distinguía con claridad los rostros vecinos, pero le parecía que la gente estaba comiendo con la cabeza muy inclinada sobre los platos (blancos y medio rajados, gruesos y resistentes a pesar de todo, algunos con un filito azul añil) y como si llorara sobre ellos. ¿Era eso lo que la gente venía a hacer allí en los remotos tiempos de Aristigorrea?

—¡Qué buena mesa nos ha dado! —exclamó Ramona con entusiasmo—. Antes nos hubiera dado la peor —agregó como si aquel antes hubiera sido posible.

Les entregaron un menú impreso en una cartulina que tenía pegado un bacalao. Lo abrieron y encontraron una hoja de papel escrita a máquina. No era el original sino la copia y el papel carbón era azul. El censor había cubierto el menú antiguo con una tinta china bien negra que no dejaba leer nada. Del presente se podía leer: «Plato del día: *Bacalao Nacional*. Se sirve con: malanga sancochada, o boniato sancochado, o plátano sancochado también. Pan. Café o te chino.»

El camarero miraba a las dos mujeres fijamente. La mirada era dura y escrutadora, como si esperara alguna reacción de factor negativo que debía apuntar en el talonario. Ramona lo presentía y a pesar de haberse quedado perpleja, sabía que no debía decir ni pío.

—El plato del día, compañero.

—Lo mismo —se apresuró a decir Esperancita.

—Será con boniato sancochado, compañeras, porque la malanga y el plátano sólo se están sirviendo ahora en las brigadas de combate. Como no sabemos en qué momento llega la invasión...

—Compañero —aprovechó Ramona, que ya había salido del impacto—, eso lo sabemos todos. ¿Acaso te crees que no escuchamos a Fidel? Tengo un primo hermano que murió en la Sierra.

—No quise ofender, compañera. Pero aquí no falta quien venga a joder.

Esperancita se recordó a sí misma. Aquel «compañera» la sacaba de quicio y pensó que en otra época hubiera tenido una salida, pero había algo que la iba ahogando y acabaría por dejarla muda, como si, sencillamente, hubiera hablado alguna vez. «Compañeras son las nalgas...» Pero se contuvo.

—¡Pues compañero —continuaba Ramona—, no debían permitirlo! Empezando por la vieja aquella... —y señaló la vieja de la cola que acababa de entrar.

—No crea, compañera, que la sujeta tiene su hoja de combate. ¡Y su ojo también! Que no están todos los que son ni son todos los que están —y se alejó con una sonrisa enigmática, de paso llevándose los platos.

No le quedaba la menor duda que lo mejor era su mutismo.

Ramona se quedó pensando en lo que el sujeto habría querido insinuar. ¿Acaso...?

A la media hora volvió con los platos: un bacalao deshilachado y rojizo, eso sí, acompañado de una abundantísima ración de atorante boniato, secundados ambos por una rebanada de pan que abría y cerraba el apetito.

—Parece que está bueno —comentó Ramona, alzando la voz lo suficiente como para que el camarero la oyese.

Pero al mismo tiempo, y mientras se llevaba un pedazo de boniato a la boca, alzó la vista y miró hacia un rincón que antes le había parecido a oscuras y que ahora, de pronto, se iluminaba bajo rutilante lámpara de colgantes canelones. ¡Allí estaba, metiéndole al bacalao, nada más y nada menos que la mismísima Juana Piedeplomo, acompañada de un hombre, que aunque no se veía bien bajo la encandilada luz de los canelones, parecía ser y posiblemente era, el mismísimo Gaudencio Ferragut! Ramona se atoró de tal modo que se le saltaron las lágrimas. Esperancita, que no se había dado cuenta de la presencia, vino en su auxilio y le dio unos golpecitos por la espalda.

—¿Ya se te pasó? El boniato está bueno, pero hay que tener mucho cuidado.

—No, no, si yo no me atoré en son de crítica —comentó Ramona, alarmada todavía más porque no sólo la miraban los centelleantes colmillos de Juana, sino el sucio camarero que apuntaba en el talonario.

Esperancita intentaba saborear el bacalao.

Tan pronto salió del atoro, Ramona alzó la mano y saludó efusivamente a Juana Piedeplomo y al posible Ferragut.

—¡Mira a la compañera Piedeplomo!

Esperancita la vio, efectivamente, vestida toda a lo miliciana verdeolivo. Al lado, junto al tapete, descansaba la metralleta y frente a ella había un hombre corpulento, que no podía distinguir bien a causa de la mosca que se le posaba. El porte de Juana, hasta sentada, era firme y varonil, a pesar de las inmensas corpulencias frontales y de la horma opípara que cubría la silla. La cabeza no era menos corpulenta, ya que se la había peinado con unos inmensos tirabuzones y tenía una cinta roja y negra 26 de julio que se metía por unos huecos de los bucles y salía por otros. El que parecía algo más flaco era Ferragut, aunque no se distinguía claramente y mucho menos lo podía ver Esperancita, dado el caso.

—Han venido a comer —comentó Esperancita, que estaba confundida y no sabía qué decir.

—Eso creo —comentó la Quindelán, que no sabía qué hacer con la mitad de la ración de boniato que le quedaba en el plato.

Esperancita sentía remoto y distante el bacalao a la vizcaína, que debía andar por España. O, efectivamente, exiliado. Sin embargo, tenía hambre, y a pesar de su odio al boniato, se lo tragó entre hebra y hebra de un bacalao que tenía cierto sabor último a goma. Ramona Quindelán hubiera preferido dejarlo todo, boniato y bacalao, pero sabía que era un gesto peligroso que a veces se pagaba con la muerte. El obsequioso camarero les estaba sirviendo agua bomba a cada rato, que consumía Ramona a chorros, terminando por hacer evidente sus dificultades con el bacalao emboniatado.

—¡El bacalao da tanta sed! —repetía a modo de excusa mientras se tragaba un pedazo de boniato.

Resultaba inevitable. Juana Piedeplomo sentía la imperiosa necesidad de acercarse a la mesa. ¡Qué desengaño para Ramona Quindelán el verla con el tal Ferragut! ¡Ella que creía haberlo visto contrarrevolucionario y muerto!

—¡Compañeras, cuánto bueno por aquí! ¡El bacalao está mejor que nunca, ¿no les parece?! Con decirles que Ferragut dejó el plato que parecía un espejo. ¡Como con el bloqueo los buenos revolucionarios se comen hasta la raspita! —y aludía indirectamente a los pedazos de boniato que todavía le quedaban a Ramona—. ¿Y a ti qué te pasó, chica? ¿Te atoraste?

—Un pedazo de boniato... Que se me fue por el camino viejo —dijo Ramona tartamudeante.

—No dirás que es por el boniato. Está suavecito y se va solo. Como es de una de las Cooperativas del Pinar...

—No, no, si yo no lo digo por los pinareños —dijo Ramona con cierta prisa.

—Yo nunca he comido mejor boniato en mi vida —dijo Esperancita, que se creyó en la obligación de poner una—, y eso que yo... antes... tú sabes que opinaba... bueno... que decía mis cosas contra el boniato... y sin embargo... ahora... me sabe diferente...

—Es que pega muy bien con el bacalao, Esperancita —contestó Juana afectuosamente. Sabía que Ramona Quindelán era la maligna.

Ferragut permanecía un poco alejado y con un palillo en la boca hacía como si estuviera muy ocupado sacándose una hilacha de bacalao. Era extraño que Ferragut no se acercara, pues como era gordo, era generalmente amistoso y jovial, siempre de bromas. Claro, que si como había contado Juana, era realmente la mano derecha de Fidel, se había convertido ipso facto en personaje consciente de su destino histórico. De todos modos, a Esperancita le llamó la atención aquel alejamiento de Ferragut, aunque Ramona no se daba cuenta del caso, de lo atorada que estaba.

—Ya se imaginan la sorpresa que me dio Ferragut. Acabadito de irse ustedes se apareció, porque en Palacio le dijeron que yo había llamado. ¡Y cómo cuando me ve le entran ganas de meterle el diente al bacalao! En fin, que salimos para acá. Así, como ven, porque estaba de guardia y hay que mantener en alto la metralleta. ¡Bueno, compañeras, las dejo! ¡El Gordo y yo nos vamos para la Plaza Cívica, al desfile de Fidel! ¡Patria o Muerte! ¡Venceremos!

El uniforme de Juana Piedeplomo relucía, como si Esperancita lo hubiera acabado de lavar y planchar. Su porte era militar y erguía la pechuga hacia adelante y hacia arriba, como si estuviera en posición de atención. Las compañeras traseras rebotaban bajo la ajustada pieza militar y más de uno volvió la cabeza, o dejó a un lado su bacalao, para verla pasar. ¡Era un monumento simbólico, digno ejemplar de la mujer cubana!

Detrás de ella (cosa extraña, por cierto) iba El Gordo Ferragut, algo cabizbajo pero sin duda reconocible. Su porte (a pesar de ser la mano derecha de Fidel Castro, como proclamaba su media naranja) no tenía el mismo relieve que el de su mujer y era más bien deslucido. Además, Esperancita notó que El Gordo había perdido libras, como lo indicaban las compañeras traseras, que no llenaban con su ímpetu carnal el espacio que otrora habían llenado.

Ni Ramona ni Esperancita hicieron comentario al respecto, y hasta puede ser que la nerviosa Quindelán no se hubiera dado cuenta. El boniato había llegado a su fin: el último pinchazo hacía su penoso descenso hacia las cavidades.

Cuando llegó el momento de pagar, Ramona se apresuró a decir que ella invitaba a Esperancita, que el gasto corría por su cuenta y que todo corría por cuenta de la Revolución. Así lo entendió el camarero, que le dijo que bien decía, porque allí ya no hacía falta dinero siempre y cuando se contara con la firma. Le trajo el pliego al pie del cual debería estamparla Ramona, acompañado de pluma de cabo y tintero de tinta roja. ¡Y pensar que la Revolución había suprimido los cuentos y las cuentas! Ramona tembló, pero se llenó de valor, rodeada como estaba de enemigos. La sangre se le escapaba lentamente de las venas y empuñando el cabo dejó caer sobre el papel una cruz, en sangre espesa, que era anónima, pues no sabía exactamente de quien era, y a Esperancita le pareció que bien podía ser la suya. Esperancita, muy a pesar suyo, alzó los ojos y se cruzaron los suyos con los del camarero, el cual, se dio cuenta en aquel momento, era bizco.

Lo cierto es que el paso de Juana Piedeplomo no era tan firme como parecía. Tan pronto puso pie fuera del Centro Vasco, tuvo un vahído y se sintió arrastrada por una ola marina. El tal Ferragut tuvo que sostenerla. Pensó Juana que así eran las marejadas de la vida, que arrastraban a veces hasta a la roca más firme. No se dirigieron los cónyuges a la Plaza Cívica, sino que el tal Ferragut aprovechaba la debilidad de Juana y empujaba su promontorio hacia la suite con vista al mar. La calle estaba desierta a aquellas horas y en aquella fecha, como si los carnavales y los desfiles hubieran terminado. Juana se sentía como un corcho flotando con la marejada, de un lado para otro, y sin hundirse pero a punto de hacerlo. El tal Ferragut la dominaba, como si la hubiera cogido en falta. A lo lejos se escuchaban los gritos de «¡Paredón! «Paredón!», que venían de los televisores o del Palacio de los Deportes.

Al llegar, Clementín miraba la televisión: el juicio de Mesa Blanco, el asesino a sueldo del batistato, la «Hiena de la Montaña», tenía lugar. Clementín tenía puesto el uniforme de las Brigadas Juveniles y a Juana Piedeplomo le extrañó que estuviera en el sillón. ¿Acaso no tenía clases de adoctrinamiento todas las noches a las nueve? ¿O era que como habían suprimido el cañonazo de las nueve (para ahorrar pólvora) el muchacho no se había dado cuenta de la hora? ¡Qué ridícula y suspicaz se había vuelto! ¡Pensar que se dejaba llevar por la cumbanchita contrarrevolucionaria que hacía novelas con los engendros que delataban a sus progenitores! ¡Mal parada estaba con aquellos pensamientos! Y sin embargo, no podía evitarlos. ¿Acaso andaba en misión secreta el imberbe? ¡Quería despojarse de aquellos pensamientos y no podía! ¿Era que iba a tener que ver al Babalao de Guanabacoa para que le quitara del cráneo esa mala sombra?

El tal Ferragut se quedó sorprendido al ver a Clementín. ¿No le había dicho Juana que el chico estaba en la montaña alfabetizando a los analfabetos del Pico Turquino? ¿Era que Juana lo traía a la boca del lobo?

—¿Pero tú no tenías clase de adoctrinamiento? —le preguntó Juana.

—Es que al instructor se lo llevaron preso, mamá. Resulta que era uno de los asesinos a sueldo de Batista.

—¡Qué barbaridad! ¡Qué ojo tan abierto hay que tener!

—¡Mucho ojo, muchacho! ¡Mucho ojo! —dijo el tal Ferragut.

Clementín volvió la cabeza y miró con suspicacia. Juana miró al tal Ferragut, como reprochándole aquella salida que le había salido como tiro por la culata. ¡No debía haber hablado! Clementín lo miró fija, intensamente, como queriéndolo reconocer. ¿Dónde había visto esa cara antes?

—¿Qué le pasa a papá, mamá? ¿Por qué está tan flaco?

Juana no sabía qué decir. Al fin se le ocurrió:

—Es que también se está entrenando.

Juana se quitó bucles y tirabuzones y su cabellera de ébano cayó suavemente sobre los hombros.

—A propósito, Clementín, nosotros vamos a acostarnos, porque tu padre tiene que salir para el entrenamiento a las cinco de la mañana. ¿Vas a ir a la Plaza Cívica? Si te vas, no hagas bulla. Y procura no hacerla cuando vuelvas.

—Es posible que vaya, mamá, porque no quiero perderme el desfile.

Juana y el tal Ferragut entraron en la habitación. Ella pasó el pestillo, pero sin hacer ruido, para que Clementín no oyera que se trancaban por dentro. Se sentía agobiada, entre la espada y la pared, y no sabía qué hacer. Tenía un miedo terrible, pero en ese momento más le temía a Clementín que al tal Ferragut. Además, le conocía a éste las intenciones.

¿Se las conocía? ¿Se había dejado llevar por la desesperación? ¿Era tan temible Ramona Quindelán? ¿Qué garantía le ofrecía aquel hombre? ¿Y si era Ferragut el tal Ferragut? ¿Y si no era Ferragut el tal Ferragut y llegaba Ferragut? ¿Cómo podría explicar situación tan ambigua? Y se le apareció el espectro del crimen pasional y el suceso del día. ¡Tonta, más que tonta! ¡A Ferragut se lo habían llevado supinamente y atravesado a balazos! ¿No lo había visto ella? ¡No, no lo había visto ella! En primer lugar porque se había tapado los ojos para no verlo, y en segundo lugar porque se lo habían llevado cubierto por una sábana. Entonces, ¿cómo iba a estar segura de que aquel hombre había sido Ferragut? ¿Y si Ferragut era el que estaba ahora en la habitación haciéndose pasar por el tal Ferragut para ver hasta dónde podía llegar ella, la otrora segura Juana Piedeplomo?

Aclaremos que Juana Piedeplomo había corrido a La Lisa, donde vivía el primo hermano de Ferragut, con similar jeta, y que le tenía marcada ojeriza. En su desesperación quizás hubiera dado un paso en falso, pero sabía que el tal Ferragut había sido tipejo comprometido con el batistato. ¿Qué mejor oportunidad para él? Si se hacía pasar por Ferragut estaría seguro, no se lo llevarían preso, y quizás hasta pudiera convertirse en la mano derecha de Fidel Castro. Lorenza, que nunca la había tratado pues estaba del lado de la auténtica, la recibió con su acostumbrada sequedad —aquella escoba vieja no se doblegaba fácilmente. A pesar de la ojeriza, sin embargo, sabía que el tal Ferragut siempre se había sentido atraído por aquellas compañeras traseras, y bien conocía Juana Piedeplomo que era otra carnada que tenía a mano— cosa que es un eufemismo. Justo es decir que de golpe y porrazo le impresionó el parecido, hasta pensar que el tal Ferragut era el propio Ferragut que le estaba jugando una mala pasada a Lorenza. ¿No podía ser que el muerto fuera el primo hermano, el occiso del escaparate? Juana se dijo que no, porque el del escaparate no tenía lunar y Ferragut, efectivamente, no lo había tenido. Pero, ¿acaso era Ferragut el único hombre que no tenía lunar en aquel lugar que la decencia nos obliga a ocultar con la metáfora? Las verdaderas razones, claro está, no las explicó Juana: Ferragut estaba en misión secreta en el Escambray, infiltrado entre las guerrillas anticastristas, y para no despertar sospechas era necesario que el tal Ferragut se hiciera pasar por el de la cama. Esto, les agregó, podría salvar al tal Ferragut, que estaba fichado, pero Ferragut, que le había enviado un mensaje con una paloma mensajera villareña, tenía la aprobación del mismísimo Fidel Castro. Estas razones le parecieron lógicas a Lorenza, que, por cierto, parecía ansiosa por deshacerse del tal Ferragut. De la cartera sacó Juana un uniforme de miliciano de Ferragut, que el tal Ferragut se puso, notando todos que le quedaba ancho en las posaderas. Le dio el tal Ferragut un furtivo beso a Lorenza y bajaron las escaleras, pero en el descanso del segundo notó Juana una mano resbalosa que se le posaba, y lo más extraño del caso fue que no le cabía la menor duda que se trataba de la mano de Ferragut. ¡Si lo sabía ella! Esto la atemorizó, pero al mismo tiempo la puso en celo.

De este modo, cuando se encontró la monumental frente al obeso cincuentón algo enflaquecido pero prepotente, tembló de pies a cabeza. Las fronteras del pánico se confundían con las del orgasmo y la tremebunda temblaba como una hoja de papel llevada por el vendaval. Había quedado en combinación y la odalisca se tiró en el lecho. Adoptó una postura clásica. El tal Ferragut se había vuelto de espaldas y se quitó la camisa y la camiseta, haciendo una especie de estriptis grotesco que iba a terminar en la verdad inevitable: la ausencia de lunar en salva sea la parte.

Apagó la luz. La brisa llegaba con su natural tropicalidad a través del balcón abierto. Juana quiso pensar que hacía un sacrificio, porque aquel acto serviría para despistar al suspicaz Clementín, que no pensaría que se trataba del lechero. ¡Cuántas cosas tenía que hacer la infeliz mujer por la subsistencia! ¿Habría despistado a Ramona Quindelán? ¿No había hecho sensación en el Centro Vasco? La tos asmática de Ferragut y la rutina de ciertos datos la sobresaltaron al mismo tiempo que producían en ella un éxtasis extraño. ¿Era o no era Ferragut? Si no era, no le cabía la menor duda que saldría en la Guantanamera y que entraría el auténtico de un momento a otro. Aquí lo reconocía como tal, allá la despistaba. ¡Hasta que un comentario trivial le produjo el crescendo y le hizo comprender el caso!

—Hasta aquí llega el olor a bacalao.

Cuando doblaron la esquina donde termina Malecón y empieza Prado, Ramona todavía repetía:

—¡Pero qué bueno estaba el bacalao!

En aquella esquina el barullo era tremendo. La acera se estrechaba y había que avanzar a empujones. Además, mientras las carrozas de la Polar nacionalizada y de la Hatuey nacionalizada y de la etcétera nacionalizada, bajaban por Malecón, así como los camiones de barbudos llegados de la Sierra y del Escambray, y de los milicianos acabados de hacer, preparados al minuto como café instantáneo americano funcionando a la rusa; por San Lázaro, que en aquel punto se unía en cuchillo con Malecón, en la punta terminal del Prado, bajaban las cumbancheantes comparsas de negros a la antigua, cumbacheando lentas, rítmicas y monocordes, como lo habían enseñado los africanos aplatanados. Tal era la congestión, que las farolas se habían quedado sin avanzar, pues había tremendo tranque, y giraban concéntricas alrededor de sí mismas, tal como lo hacían negros y negras, llevados por el secreto del movimiento constante. La cosa se empeoraba porque los chicos de las brigadas juveniles del 26 de Julio se habían puesto en formación en la explanada de la Punta, y pedían paso, para así aclarar políticamente el significado del desfile carnavalesco. La alegre muchachada estudiantil había tomado conciencia histórica y marchaba tomando en serio la cosa. A la cabeza se veía a Clementín, que llevaba una lanza en alto, con la cabeza simbólica de Batista. Otras más iban, entre ellas las del tío Sam, todas ellas de cartón sangrante, porque estaban cortadas. Las banderas del 26 de Julio eran las más abundantes, seguidas de las rojas de la hoz y el martillo, aunque no faltaba una que otra cubana. Los consabidos carteles no podían faltar, aunque todavía con el inconveniente de una revolución pachanguera. ¡Nunca cosa tan grande como aquéllas que se veían en la China! Pero las jóvenes brigadas daban el ejemplo del cual se esperaban cosas de más calibre. Entre los cartelones de todos conocidos («Mao Chino Cuba Te Saluda», «Abajo El Guanajo Que No Da Las Gracias», «Aspiazo Me Dio Botella Y Yo Voté Por Varona», «Viva El Caballo Y La Yegua Que Lo Hizo») a Esperancita la electrizó (o electrocutó) uno, como si a ella en particular estuviera dirigido, ya que no podía ubicarlo entre los otros: «Compañera, Jacomino te espera». No podía ver claramente la cabeza que lo llevaba, pero entre las brigadas distinguió una cara, entreverada la expresión entre un tal Pancho y un tal Juanelo. Todo fue cuestión de momento, porque las brigadas pasaron mientras tocaban una Internacional bastante desafinada. Las comparsas habían cesado de bongosear. Durante un momento creyó Esperancita oír un golpe de bongó, o un golpe de clave, que se paró en seco después de un disparo. Tan pronto pasaron las brigadas la compuerta se abrió y la marejada de gente, como ganado, inundó la confluencia de las tres calles, Prado, Malecón y San Lázaro, como si fuera una inundación. Se iba de un lado para otro y unos empujaban para un lado mientras otros lo hacían en dirección opuesta. Ramona tenía agarrada por un brazo a Esperancita y trataba de abrirse paso en dirección al busto de Juan Clemente Zenea, pero lo hacía con mucha dificultad. Diferentes grupos, apelotonados, empegotados como arroz almidonado, se aproximaban cantando alguna melodía de ocasión.

> *Una, dos y tres*
> *que paso más chévere*
> *que paso más chévere*
> *el de mi conga es.*

—Hija, aguántate de mí, porque nos van a llevar, y sabe Dios dónde —le decía Ramona.

Ramona tenía miedo, como si su destino estuviera escrito en los astros. Había algo en la ola humana que le hacía temer y pensaba, tal vez, que quizás no iba a llegar hasta el corte de caña.

¡Había tanta adversidad y se jugaban tantas malas pasadas! Ella, sin embargo, tenía carnet de identidad revolucionaria.

>   *Cuenten los pasos que aquí llegamos,*
>   *Cuenten los pasos que aquí llegamos.*

¡Si al menos pudieran llegar a donde estaban los leones! A los extremos del paseo había unos inmensos leones de bronce y Ramona pensaba que si llegaban hasta ellos y se aguantaban del rabo les iba a ser posible resistir la marejada. Por todos era sabido que cuando el ciclón del 33 y cuando el ras de mar del 26 los leones resistieron los embates más violentos, especialmente durante el machadato, y más de uno fue salvado de que se lo llevaran las aguas, mediante una fuerte sujeción al rabo de bronce del león. Estos leones eran un símbolo del pasado (como la idea de que Cuba era una isla de corcho que nunca se hundía) y Come Gente los había mandado a quitar, pero habían desistido por el momento ya que pesaban mucho. A él no le gustaba que muchos se salvaran de ser devorados por los tiburones, que estaban bien cerca, un poco más allá de la explanada de la Punta, a la entrada de la bahía y al pie del Morro. Cuando había marejada y venían las olas, que rompían violentas contra el muro del Malecón o que se iban por encima de él hasta el mismo edificio de Malecón 13, había que poner la talanquera para que no pasara el agua. Un día por poco se llevan a Simplicio o Duplicado, pero el que fue se salvó. Lo cierto es que toda marejada con pretensión de ras de mar era peligrosa, y más de uno había muerto. ¡Cómo no ahora! ¡Aquello era un maremoto japonés!

>   *Quítate de la acera*
>   *que mira que te tumbo*
>   *que vienen las bolleras*
>   *arrollando a todo el mundo*

El grupo de negras bailadoras, con farolas y todo, penetró por una de las avenidas ascendentes del Prado. A Esperancita se la llevaban hacia allá, mientras que la pobre Ramona fue cogida en dirección opuesta, que era hacia donde estaba poblado de tiburones.

—¡Ay, Virgen de la Caridad! —exclamó Ramona, que sólo se acordaba de Santa Bárbara cuando empezaba a tronar.

—¡Que Dios la coja confesada! —exclamó espantada Esperancita, porque la veía boqueando como un pez sin agua.

El molote que se llevaba a Ramona era numeroso y todos venían pegados como los chinos.

Vamos a ver la ola marina,
vamos a ver la vuelta que da.

Tuvieron que separarse. La mano de Ramona por poco le arranca el brazo a Esperancita, como si éste fuera un áncora de salvación. Por su parte, a Esperancita le dieron un empujón tan fuerte que ella creyó que se iba de cabeza contra el Morro, pero afortunadamente no fue tan lejos sino que por poco se desnuca contra la estatua marmórea y desnuda que rendía tributo al poeta Juan Clemente Zenea. Se aferró a la pata de la musa (que eso representaba la mujer encuera en mármol) y dejó que la ola acabara de pasar. En todo caso, la marejada inesperada la había hecho cruzar la calle y había ido a parar dentro de la corriente del Paseo del Prado, mientras que Ramona Quindelán ya debía estar por la explanada de la Punta, lugar donde Tacón acostumbraba hacer los fusilamientos y donde mandaron al paredón al mismísimo Zenea, el cual, el pobre, estaba condenado a presenciar la eternidad de su muerte.

Esta fue la última vez que vio a Ramona Quindelán con vida. Lo cual no quiere decir precisamente que se hubiera muerto. Una mano se alzaba entre las cabezas, como si fuera la de un ahogado que se hundía en el agua de la bahía, sin que le tirasen una soga y para que fuera pasto de los antiquísimos tiburones. Pero la idea, le pareció absurda. ¿Acaso tenía Ramona la culpa de que se le atragantara el boniato?

Yo les voy a recordar
este montuno de ayer
tengan cuidado al bailar
porque se pueden caer.
Vamos a ver la ola marina...
(Se repite)

A lo lejos, bajo el cielo estrellado, se veían largos y afilados palos en alto. Eran afiladas lanzas como las que usaban los pueblos primitivos y entre las que se podía distinguir claramente la cabeza de Gordon de Sudán. Laurence Olivié, que hacía el papel de Mano Muerta, le enseñaba la verruga que tenía en la mejilla prieta y le decía a Charlstón Jeston que él era el Nuevo y no otro, y que venía a poner cabezas en picas. Además, para más evidencia y como prueba incontrovertible, le enseñaba el hueco que tenía entre los dientes y que aseguraba no era una carie. Las razones eran más que suficientes. Las cabezas ya no eran de cartón tabla-sangrante, sino de tejido adiposo con hueso, y se distinguían las negras cabelleras de las bayamesas truncadas y arrepentidas demasiado tarde. ¡No, Ramona Quindelán no debía estar entre ellas! Como era medio calva, hubiera desentonado.

Esperancita estaba, como ya hemos dicho, junto a la sucia musa sobada indecentemente por la chusma.

—¿Cómo está Pepe?

—Chica, tiene la presión tan alta que el médico tiene que subirse en una escalera para tomársela.

—¡El pobre! Más vale que tome cocimiento de ajo.

—Eso lo hacen muy bien en Jacomino.

La palabra volvió a sobresaltarla, especialmente ahora que estaba sola. Tal vez si encontrara a... Pancho... o a quien fuera... aquél que se tomaba el café con leche. ¿No había sido feliz con él a pesar de la miseria? No lo recordaba, sin embargo, y el rostro de... Francisco... se desdibujaba... ¿Blanco, negro o mulato? Y lo vio, espantosamente mulato claro, chulo y atractivo, ¡con el rostro mágico de Juanelo! No, eso no podía ser. ¿Ella con un hombre así? Eso estaba bien para Chucha, en especial para Cacha. Ella no era el tipo. ¿Acaso no se había pasado toda una vida doblada junto a la batea? Y sin embargo, esto confirmaba la noticia: Pancho nunca lo había doblado.

Tal vez debería regresar a su cuarto, pero la idea la atemorizaba un poco. De un lado, sabía que debía firmar para el corte; tal vez ir al desfile de la Plaza Cívica, hacer acto de presencia como cualquier otra buena cubana reivindicada; o ir a gritar «paredón paredón» al Palacio de los Deportes para demostrar su apoyo a los fusilamientos; en fin, comportarse como una de tantas. Quizás... Paco hubiera regresado, pero temía encontrarse con Chucha, o Cacha, o Juanelo, o con aquella inverosímil Pura la Coja debajo de la mesa.

Siguió avanzando por el Prado rumbo a Neptuno que estaba menos lleno de lo que a primera vista le había parecido. Las comparsas pasaban con las farolas en alto, o con aquellos palos hacia los cuales ella no miró pero que estaban allí para asustar a la gusanera contrarrevolucionaria.

> Maní, maní...
> *Caserita no te acuestes a dormir*
> *sin comerte un cucurucho de maní.*

¡Cuántas calumnias! ¡Cuántas mentiras! ¡Cuántos crímenes injustos se le achacaban a la Revolución! ¡Y lo cierto era que todavía quedaban maniseros, a pesar de la escasez y el simbolismo republicano del cucurucho!

Como el bacalao la había dejado con la boca abierta y con hambre, creyó que podía comerse uno y buscó kilos en el monedero. El manisero tenía el consabido uniforme de las brigadas juveniles.

Esperancita cogió su cucurucho y se dispuso a saborearlo. El cucurucho de Moisés Simons había evolucionado de tal modo que se había convertido en mensaje chino de Mao. Era un cucurucho flácido e incierto que hacía presentir el racionamiento de los maníes. Efectivamente, se podían contar con los dedos de las manos. Después que se comió los diez, Esperancita saboreó el mensaje: «¡Compañera! ¡La verdad de la Revolución tiene por nombre Jacomino!» Se sintió asediada y le pareció que el chico manisero (que tenía los mismos ojos del camarero del Centro Bizco) se reía maliciosamente y como si el mensaje en el interior del cucurucho fuera intencional. Ella sabía que de un tiempo a esta parte los cucuruchos se vendían con su ración de cultura proletaria, como se le llamaba, y que Fidel había hecho un hábil injerto entre las galleticas de la fortuna de los descendientes de la dinastía Ming que vivían en el barrio chino de la calle Zanja, y las técnicas de adoctrinamiento de Mao. Esto lo había mandado a hacer Fidel para aumentar la venta del cucurucho y según consejos personales del Che, que como todos saben se había encargado de la industrialización. Además, se incrementaba la lucha contra el analfabetismo y se lograba el más completo y eficaz adoctrinamiento. Los niños coleccionaban «mensajes de cucurucho» y en las escuelas se premiaban a los niños que tuvieran más. Era, como decía la gente, el «Patria o Muerte» del manicero, y el buen revolucionario se reconocía a la legua ya que nunca decía: «Oye, chico, dame un cucurucho», sino «Oye, compañero, dame un Patria o Muerte». Ahora bien, a Esperancita le parecía que aquel cucurucho había ido demasiado lejos. No le hubiera sorprendido encontrarse con el mensaje convencional —«Cuidado, miliciana, con el gusano debajo de la cama», «Gusano muerto no consume carne» «Si el gusano busca sepultura que se encuentre con la suya»—, pero aquél llegaba a la intimidad y ya pasaba de castaño oscuro. En fin, que Esperancita no sabía si atribuir el mensaje al chino comunista o al antiquísimo chino viejo de la dinastía Ming aplatanada.

Al llegar a Prado y Neptuno ya no había nadie. Parecía que se le había hecho tarde y el carnaval ya había terminado. Ni siquiera se oía el más remoto cumbanchear de las comparsas. Esperancita pensó que se había quedado dormida en uno de los bancos.

—Buenas noches, compañera, ¿le pasa algo? —le dijo un miliciano solícito que ella no había visto.

—No, no... es que creo... Creo que me quedé dormida en uno de los bancos.

—Pues tenga cuidado, que son un poco duros. Aquí antes dormía el Caballero de París pero ya no lo dejan.

—¿El Caballero de París?

—Pero ¿no se acuerda, compañera? ¿No es usted de La Habana?

—Sí, sí, pero tengo una memoria pésima. Todo se me olvida.

—El loco aquel que dormía por los bancos y que tenía mucha peste y que andaba con una capa.

Trató de hacer memoria.

—Sí, sí, tengo una idea.

El miliciano la miraba con unos ojos amables, paternales, pero firmes e inquisitivos.

—Usted me parece una cara conocida.

A ella también. Lo miró fijamente y creyó descubrir algo, pero era tan hondo que no podía llegar.

—¿Cuál es su santo y seña, compañera? —le preguntó con el tono convencional de un oficial de guardia.

—Esperancita Portuondo, Malecón 13, para servir a usted y a la Revolución, claro.

—¿Hace tiempo que usted vive por acá?

—Un par de años.

—¿No ha vivido usted nunca por Jacomino?

Esperancita se volvió a sentir intranquila. Entonces él, también, estaba al tanto del asunto. Recelaba.

—Mire, usted me cae simpática. Quisiera invitarla a un café con leche.

Esperancita no sabía qué decir. ¿Qué iba a pensar ese hombre de ella? Una mujer que a eso de la medianoche se encuentra con un desconocido en Prado y Neptuno y le acepta un café con leche.

—Vamos, que no voy a pensar nada malo —dijo con clarividencia.

Esperancita asintió sin decir palabra, con un gesto imperceptible de la cabeza.

—Todo el mundo se ha ido para la Plaza Cívica o el Palacio de los Deportes. Hay mucho embullo con eso de los juicios y los fusilamientos. ¿A usted qué le parece todo esto? —le dijo mientras cruzaban la calle, que estaba completamente desierta, y entraban en un café que había en la esquina de Prado y Lagunas.

Esperancita lo miró, extrañada por la pregunta. Tenía un tono de inocencia que a ella le pareció sincero, pero al mismo tiempo temía caer en una trampa por exceso de confianza. Además, ella, después de todo, no tenía particular opinión.

—A mí me parece que está bien lo que está pasando.

El no dijo nada, sino que la miraba fijamente con una mirada dulce que a ella le extrañó.

Un camarero sucio, con los puños de la camisa llenos de mugre, y que por supuesto era bizco, se acercó. Los miró con la consabida suspicacia.

—Un Venceremos, compañero —le dijo el miliciano sin prestarle mucha atención. Parecía pensar: «Conozco el tipo».

Después, mirando a Esperancita, le preguntó de sopetón:

—¿Y por qué se va usted para Jacomino?

Ella lo miro algo alterada y como si la antigua Esperancita Portuondo, aquélla que se había ido ahogando poco a poco, resucitara. Se volvió un tanto solariega, más que nada por el tono de voz.

—¿ Y por qué todo el mundo tiene que meterse en el asunto de si me voy o no me voy para Jacomino? ¿Me suelta o me lleva para el G2?

El miliciano no se alteró y sonrió amablemente, como si esperara el exabrupto.

—¡Cuándo le digo a usted que yo la conozco de alguna parte!

—Me conocerá o me dejará de conocer. Pero ¿a qué tanta pregunta sobre Jacomino? ¿Y qué le importa a nadie si me voy o no para Jacomino?

—La Revolución lo sabe todo, compañera —le dijo en un tono que parecía oficial.

Esperancita sintió unos violentos deseos de mandarlo al carajo y gritarlo de una vez. Pero se contuvo. El camarero mugriento ya les había traído el café con lehe. Por el contrario, se decidió a dar explicaciones.

—Hace un par de días Pancho se largó después de tomarse un café con leche y no ha vuelto. Una vecina, una tal Chucha —dijo por equivocación—, dijo que lo había visto por Jacomino. Y por eso he decidido salir a buscarlo.

—¿Y por qué no ha dado parte?

—Chico, es una cosa entre marido y mujer. ¿Es que la gente anda molestando a la Revolución por esas cosas?

El sonrió y no dijo nada. El camarero los observaba desde lejos.

—¿Y quién es la Chucha ésa?

—¿Qué Chucha?

—La que le dijo que Pancho estaba por Jacomino.

—Es Chucha la de Juanelo.

Una sonrisa burlona se reflejó en la comisura de sus labios. Era medianamente desagradable, como si él supiera más de la cuenta y ella hubiera caído en una trampa otra vez. Pensó que prefería caer de una vez por todas. Pero... le habían dicho... que allí apestaban también...

—Yo creía que Chucha había muerto en el hospital de Jacomino.

Esperancita palideció. Aquel hombre se burlaba de ella. Le hacía preguntas cuya respuesta ya sabía y la dejaba caer en el error para después burlarse.

—Ya le dije que tengo mala memoria.

¡Estaba cansada de Dios y de la Revolución sabelotodo! Estaba cansada incluso de la búsqueda de aquel Cheo que no acababa de encontrar. Si era verdad lo que le había dicho... Chucha, ni siquiera valía la pena. Pero, ¿por qué no la dejaban vivir en paz? ¿No debía ser éste el derecho mínimo de los vivos y de los muertos? Parecía que no era así.

—No te pongas así —le dijo el miliciano con una voz suave, un poco hecha al efecto, y le cogió las manos.

Ella tuvo un momento de vacilación. Lo miró otra vez a los ojos, bien adentro, pero no podía reconocerlo; sin embargo, tenía algo que ella presentía haber conocido y que al mismo tiempo sabía que nunca había nacido y que estaba muerto.

—Te pones muy linda cuando te pones brava —agregó, y el lugar común le hizo perder el efecto.

—¿Y a tí quién te ha dado confianza para esto? ¿Es que me has tomado por gallina de café con leche? —y se levantó.

—No te vayas —le dijo él tomándola por el brazo—. Yo también estoy desesperado.

¡Mentía! ¡Sabía que mentía! Lo miró otra vez. ¿Acaso tenía los ojos que una vez ella había conocido? ¿Acaso tenía los ojos que ella hubiera querido conocer? ¡No podía ser! ¿Estaba muerto? Entonces, ¿qué sentido tenía que ella fuera para Jacomino? ¿Era la perdición misma? Le tendían una trampa brutal.

—¡Suéltame o le doy parte a quien se la tenga que dar! —y miró al camarero, que los miraba con el ojo terrible, aquél que tenía desviado.

—No te vayas. Soy yo, ¿no te das cuenta?

¡Mentía! ¡No lo iba a creer aunque se lo jurara! Una vez, remotamente, creyó ver aquel remoto destello en el fondo de la pupila de... Pancho... en un gesto imperceptible de... Juanelo... Y no era cierto: la tacita de café, el picadillo. ¡Mentía! Aquel era, simple y llanamente, un agente que estaba al tanto del asunto de Jacomino. Pero ¿era que el asunto de Jacomino era un simple episodio de las fuerzas represivas? ¿No estaba envuelto en el mismo el esqueleto de aquella Chucha que se desesperaba ante el vestido punzó que le quedaba ancho? ¿Hasta qué punto era cosa de tejas arriba?

—Tengo que irme porque voy a firmar para el corte.

—Entonces la acompaño, compañera. No debe andar sola por ahí a estas horas de la noche —le dijo cambiando el tono.

—¿Y eso que tiene que ver? Sé cuidarme sola, compañero. Y en todo caso, la Revolución me cuida por encima de todo.

—Claro, como que yo ando de uniforme

La voz era melosa, insinuante, almibarada. Quizás ella había dramatizado y fuera, simplemente, un miliciano alardoso que le metía un fajón. Miró otra vez al fondo de la pupila y creyó reconocerlo. La mano de él le volvió a coger la suya, que estaba indecisa en el umbral. Había una suavidad que le recordaba a... ¿Pero era posible que Pancho se hubiera hecho miliciano? ¿Y se iba a dejar aquel bigotico ridículo? ¡Tonterías! ¡Eran cosas comunes de un fajón de medianoche! La situación se prestaba y el miliciano no hacía más que revivir aquellas vagas memorias que a ella se le estaban olvidando.

—Vamos, no te pongas así.

Ella se sentía ceder. Además, también le recordaba un tenientico de Batista que ella conoció una vez.

—¿Eres tú del G2?

—No diría tal cosa —contestó evasivo.

—No es que a mí me importe. ¿Qué más me iba a dar? Por mí podrías serlo, porque en mi casa, chico, no hay nada que la Revolución no sepa.

—¿Trabajaste tú, una vez, en la calle Colón? —le preguntó a modo de respuesta. A un insulto parecía responder con otro insulto.

—¿Pero qué te has creído? —dijo a lo Chucha—. ¡Oye, que me has confundido con otra!

—¡Había una jeba que se hacía pasar por Cacha! ¡Había una jeba que se hacía pasar por Chucha!

Lo tenía encima, cuerpo contra cuerpo, apabullada junto a una de las columnas del portal. Lo sentía presionando contra sus muslos, la boca casi a punto de pegarse a la suya en definitivo afán de succión. Lo miraba fijamente, como si la hipnotizaran aquellos consabidos ojos. Era, posiblemente, él, pero no iba a aceptarlo. Aquellos dos nombres la habían espantado otra vez.

—¡Atrevido! ¡Fresco! ¡Hijo de Mala Madre! ¿Qué te has creído? —y le dio tremenda galleta que resonó bajo las columnatas.

El miliciano se llevó la mano al rostro y dio un paso atrás. El camarero bizco estaba en la puerta y sonreía.

—¡Chico, lo que tienes que hacer es poner la otra mejilla! —le dijo, burlándose con el ojo desviado.

El otro lo miró con unos ojos duros y Esperancita, que se había quedado inmóvil, estuvo a punto de arrepentirse, de abrazarlo, de pedirle perdón, porque aquellos ojos no los había visto nunca. Pero no lo hizo. ¡Si al menos él le dijera exactamente quién era y se dejara de aquellos juegos nominales! Pero no se lo iba a decir y ella se iba a volver loca buscando su nombre detrás de la piel. Era inútil. Se trataba de un tipo del G2 que la tenía fichada y que sabía que ella buscaba a Pancho por Jacomino. Esa era la explicación más simple.

Antes de alejarse para siempre, él le dijo:

—En el barrio de Colón las trabajadoras voluntarias me llamaban... C u p i d o.

El juego de posibilidades era el siguiente: el tenientico de la calle Colón, que una vez conociera Chucha (o Cacha) cuando hiciera la redada a causa de la campaña de moralización, la había reconocido, aunque ella no era (creía ella) la tal Cacha o Chucha. El hecho de que se hubiera botado para el solar creaba las apariencias engañosas; y el andar sola a tales horas de la noche por Prado y Neptuno (que en otro tiempo fue lugar por donde anduvo la famosa «engañadora» de la canción, aquélla que se rellenaba por dentro para cazar incautos: «a Prado y Neptuno / iba una chiquita / que todos los hombres / la tenían que mirar: / estaba gordita / muy bien formadita / era graciosa / en resumen: colosal» —hasta que se le descubrió que intentaba cazar con espuma de goma) había creado una falsa imagen de Esperancita Portuondo, lavandera humilde y desorientada, no peupú de Colón y Trocadero, que buscaba desoladamente a un tal... Pancho, que se le había perdido. Siendo él tenientico del G2 y estando la Revolución tan bien informada, le seguían los pasos / que aquí llegamos / y que irían a parar posiblemente a Jacomino. Las dudas y vacilaciones con respecto al lujurioso verdeolivo, se debían en parte a su debilidad a causa de un bacalao que no le había producido ninguna satisfacción y que la había dejado en ayunas; y además, como estaba falta de Pancho, había creído descubrir lagunas insondables de amor en aquel miliciano sato que hacía las veces de ¡cupido! Pero al haberse podido sobreponer, su nombre quedaba inmaculado. Así, dejando a un lado las posibilidades de tejas arriba, debería conformarse con la lógica de tejas abajo y seguir su camino.

Así lo hizo y con la mayor tranquilidad del mundo se dispuso a subir por la calle Neptuno en busca de Galiano y San Rafael, (¡la otrora Esquina del Pecado!), para poner la rúbrica para el corte. La calle estaba sola, aunque no del todo, porque una que otra vez pasaba un destartalado transeunte. Pero Esperancita tenía que prepararse para otros encuentros inesperados. Un poco más arriba, cojeando del modo más grotesco que ella hubiera visto en su vida, (pues en realidad no cojeaba, sino que caminaba en tres patas), pudo reconocer a Pura la Coja que avanzaba penosamente. La pata le faltaba, y en lugar de haberse buscado unas muletas que compensaran —en lo posible— la pérdida, la buena mujer se arrastraba por la acera, apoyándose grotescamente en las dos manos (que hacían las veces de extremidades inferiores) y la pierna restante (que hacía las veces de lo que había sido siempre). El primer impulso de Esperancita fue ayudarla, pues la infeliz mujer clamaba por un gesto humano que la sacara de su miseria. Sin embargo, se contuvo, y miró a todos lados pues temía que la vieran en aquella sospechosa actitud que denotaba una peligrosa inclinación. Fue cuestión de un instante, porque los buenos sentimientos en seguida la ganaron.

—¡Pura, hija, déjame ayudarte! —le dijo Esperancita mientras corría hacia ella y la levantaba, posiblemente por uno de los dos brazos, aunque estaba ligeramente confundida y hubiera sido capaz de levantarla por la pata, lo que la hubiera tumbado.

—¡Ay, hija, no debes hacer eso! ¡Podrían verte y alguien te reportaría al G2!
—¡Vamos, vamos, no exageres! ¿Qué puede tener esto de malo?
La sostuvo y a la infeliz mujer se le saltaban las lágrimas.
—¿No te ha vuelto la pata?
La pregunta era francamente retórica, pero Pura no se dio por ofendida.
—¡No me ha vuelto ni me volverá! —Y exclamó desesperada—: ¡Lo están juzgando, hija, ahora, en este momento, en el Palacio de los Deportes! ¡El que es tan bueno, un alma de Dios incapaz de hacerle daño a nadie! ¡Es una conjura, Esperancita! ¡Esa Juana Piedeplomo! ¡Esa Ramona Quindelán! ¡Cuánta crueldad! ¡Cuánta maldad! ¡Y es inocente! —y se puso a gritar en plena calle—. ¡Sí, es inocente! ¡Es inocente! ¡No lo maten! ¡No lo maten! ¡Es inocente!
Esperancita estaba asustada. Era evidente que aquellos gritos de Pura podían comprometerla, pero no podía dejarla seguir así, a gatas, hasta el Palacio de los Deportes.
—¡Cálmate, Pura, no te desesperes, que Dios no te desamparará y la Revolución hará justicia!
—¡Dios! ¡La Revolución! ¡Justicia! ¡Buen grupo de cabrones todos ellos!
Hubo un profundo silencio. Al llegar a la esquina de Radio-Cine, Esperancita se sintió agotada y llegó a temer que se la llevaran presa. Pura vociferaba. Cruzaron la calle y se metieron debajo de los oscuros soportales de Los Reyes Magos. Un manto blanco se veía a lo lejos junto al nacimiento.
—¡Y lo peor es que María se lo ha creído todo! ¡Pensar que le han metido esas cosas en la cabeza! Pero la perdono, Esperancita. ¿Qué puede hacer una madre en casos como ésos? ¡Llorar y desesperarse y tirarse de los pelos! ¡Es una Mater Dolorosa! ¡Pero yo también! ¡Yo también!
—Pero, ¿ella lo sabe?
—¿Pero tú crees que a una madre se le puede engañar? ¡Bien se ve que no has tenido hijos! Ella lo supo desde el primer momento, pero era tan horrible que no quiso darse por enterada e hizo como si no supiera nada. ¡Pero ella sí lo sabía todo! ¡Y Simplicio se creía que era cuestión de Duplicado!
Detrás de las vidrieras de Los Reyes Magos estaba la misma Mater Dolorosa que había visto Esperancita en Malecón 13, toda en mármol blanco, el cuerpo yacente del hijo, el cielo estrellado al fondo. Cuando la vio pasar, detenerse y apoyarse Pura la Coja junto al cristal, empezó a gritar, el rostro completamente desencajado. Nada se oía, pues los cristales no permitían que pasara el sonido. Pura la vio de soslayo, volviéndose a Esperancita y como

si quisiera ocultarse debajo del chal que llevaba por las espaldas y que se puso en ese momento sobre la cabeza. María se desesperaba y no toleraba la presencia de Pura, que nerviosa y más torpe que nunca, agachándose como si quisiera desaparecer, apenas podía dar un paso. María gritaba y la acusaba con la mano.

—¡No ha sido él, Esperancita! ¡Te lo juro yo que soy su madre! ¡Ha sido el otro! ¡Su hermano! ¡Hermano contra hermano! ¡Pero María no quiere aceptarlo!

María se había puesto de pie, como había hecho antes. La imagen blanca gesticulaba y se movía lentamente, acusando majestuosamente con el brazo. El cuerpo yacente rodó y se estrelló contra los cristales, haciéndolos saltar en mil pedazos. Entonces se escuchó el grito de la Madre.

Espantada, Pura la Coja, apoyándose en Esperancita, se puede decir que corrió a toda velocidad con un solo pie. Llegaron finalmente al parquecito que Fidel había mandado a hacer en sustitución del desaparecido Encanto, la tienda que estiró la pata a causa de un sabotaje.

El parquecito era árido y seco. Al centro estaba el busto de Lenin y habían colocado geométricamente cuatro matas de guayabas. Debajo de los bancos había los correspondientes canteros sembrados con unas flores amarillas en honor al occiso, de ésas que eran conocidas con el nombre de flor de muerto. Los canteros formaban cuatro cuadriláteros, a cuyos lados había unos bancos de hierro negro y madera pintada de verde, que habían traído de la Alameda de Paula. También eran de la Alameda de Paula cuatro faroles algo tristes y fuera de lugar que habían colocado a los cuatro extremos de la plazoleta y que daban una luz amarillenta y desolada.

El compañero que recogía las firmas estaba sentado en una mesita provista al efecto, hecha de cajón de bacalao, y que tenía delante un retrato de Fidel apuntando con el dedo y que decía en grandes letras rojas: «La caña te necesita». Completaba el dibujo comercial una bandera del 26 y otra con hoz y martillo. El compañero estaba sentado en una silla de tijera delante de una libretica de la que salía un antiguo cordón de zapato tenis a cuyo extremo había amarrado un mikado que se había reducido bastante con tanta rúbrica.

El compañero estaba tan inmóvil que bien podía estar muerto, pero posiblemente no lo estaba. El caso es que había visto la operación sospechosa de Pura la Coja (¡una coja echando un pie a toda carrera!), y como Esperancita había conducido a la jadeante hasta uno de los bancos debajo del guayabal. Quizás no hubiera oído la cháchara.

—¡Ay, hija, no me abandones!

—Claro que no, Pura. Pero chica, tengo que cumplir mi cometido. Le dije a Juana Piedeplomo que venía a poner la rúbrica y lo voy a hacer in memoriam de Ramona Quindelán.

—¡Bicho malo nunca muere!

—Después te acompaño a coger la guagua y es posible que vaya contigo, porque no sé si debo ir a Jacomino.

—¿Es que tú piensas ir a Jacomino? —preguntó Pura con cierta alarma en la voz.

—Jacomino ha progresado mucho, Pura.

—¡No vayas Esperancita! ¡Por lo que más quieras!

—¿Y qué tienes tú contra Jacomino, Pura? ¿Es que acaso tú naciste en la Lisa?

—¡Por los clavos de Cristo, no vayas a Jacomino!

—¿Sabes que me viene cansando el asunto de Jacomino? ¿Qué pasa con Jacomino?

—En Jacomino, Esperancita, agarraron a mi hijo.

A estas alturas, Esperancita la escuchó como quien oye llover. Estaba cansada de tantas señales del cielo.

—¿Y eso qué tiene que ver?

Se alejó de la mata de guayaba y se acercó al farol colonial. El compañero la miraba, sin expresión, y parecía más bien un muñeco de cera. A Esperancita sólo se le ocurrió pensar que posiblemente, cuando lloviera, se iría a sentar al otro lado, bajo los soportales, con mesa, silla de tijera y todo lo demás.

Iba a preguntarle algo, pero él tenía el dedo sobre la página abierta de la libreta y la señal era perentoria. Esperancita se sentía nerviosa y se apresuró a estamparla. Sobre la mesa habían pegado una cartulina que decía: «Lugar y fecha para el corte». Y después, a lápiz (pues posiblemente esto cambiara y lo tendrían que borrar), habían escrito con bastante torpeza semi-analfabética: «Aquí, procimo Domingo a las seis de la mañana, ¡Patria o Muerte! ¡Venceremos!» En la parte de arriba de la libreta se encontró con el inevitable santo y seña: la columna de los nombres y de los lugares de vegetación. Se dispuso a estampar la suya. E s p e r a n c i t a   P o o r t u o o n d o, M a a   M a a (había visto la otra encima de ella, que era el consabido mensaje: Pancho Carrancho, vecino de Jacomino; la pausa; después trató de cobrar fuerzas para el final, que le salió de sopetón) lecón 13.

No tenía que alzar la vista para saber que aquél era el ojo bizco del camarero del bacalao, el cual la miraba como si fuera una figura de cera.

Como una autómata se volvió hacia donde estaba Pura la Coja, que todavía estaba allí, mientras los cantos infantiles de su infancia en Cifuentes volvían a su cerebro: «Arroz con leche se quiere casar...» «Al ánimo al ánimo la fuente se rompió...» «Cuatro patas tiene mi gato y yo quisiera que tuviera tres...» «Pancho Carrancho mató a su mujer...»

—¿Qué te pasa? —le preguntó Pura.

—Nada, que ya es hora de que vaya para Jacomino.

De todos modos no iba a abandonar a Pura. Cruzando la calle, en la otrora Esquina del Pecado, que ahora era para muchos arrepentidos la esquina del Mea Culpa, se dispuso a coger la ruta 33, edad de Cristo, que también iba para el manicomio de Mazorra, con tan buena suerte que la misma pasaba por el Palacio de los Deportes. Allí era donde se celebraban los famosos juicios y mandaban esbirros al paredón, y donde a su vez, para colmo de condiciones astrológicas propicias, como si fuera una premonición del Dr. Carbell, aquél que escribía las predicciones astrológicas en «Carteles», podía hacer la transferencia para el muy remetido Jacomino. De paso, y si la cosa le parecía bien, le echaba un vistazo a los juicios.

Dicho y hecho. Se metió en la guagua con Pura, que cayó de inmediato en un sopor algo letal y contagioso. Empezó a llover, y como era un aguacero bastante violento, todo el mundo tuvo que cerrar las ventanillas —salvo que prefirieran empaparse—, y la guagua quedó herméticamente cerrada. El humo de cigarros y tabacos, el sudor agrio de aquéllos que venían de hacer práctica en las milicias y de aquéllos otros que habían ido a la manifestación en la Plaza Cívica, el penetrante olor a gasolina rusa, formaban un mejunje francamente desagradable capaz de darle una transferencia a la naturaleza más fuerte. No lo era Esperancita y todo se mezcló de tan violenta forma que ella creyó que la asesinaban, sintió unas fuertes náuseas, se sintió morir y cerró los ojos con la esperanza de pasar, sin ver, a mejor vida.

Sueño inútil, sin embargo, porque en él vio a los conocidos personajes de nuestra historia, con las consabidas confusiones de caracteres. Una dama con manto ocupaba el primer asiento al lado de la puerta, pero Esperancita no la pudo reconocer de inmediato. Del otro lado iban dos cabezas iguales, una copia de la otra, detrás de las cuales se sentaban, muy bien arrellenados, las dos corpulencias más notables: Juana Piedeplomo y el tal Ferragut. Cruzando el pasillo fue natural encontrarse al tal Ferragut, que esta vez prefería la compañía de la tal Lorenza. El tercer par de asientos de la derecha acogía a Clementín, de brigada, que llevaba en la mano izquierda una lanza de madera a cuyo extremo estaba la cabeza de cartón sangrante de Ramona Quindelán. Sin duda también venía el cornetín de Eustaquio, porque aunque el chico no se había visto nunca, se oía el desafinado cornetín que intentaba inútilmente ponerse a tono con la Internacional. En circunstancias como aquélla no podía faltar un par de muertos, que aunque estaban cubiertos con una sábana, sospechaba Esperancita que uno de ellos era el tal Ferragut que había saltado del escaparate, sin tener idea del otro: ¡tantas eran las posibilidades! Pero el espectáculo más sorprendente tenía lugar en el asiento de atrás, que como era el más apartado, era el preferido de las parejas. Esperancita sólo podía ver, de reojo, pedazos de masas y de huesos, y por lo menos tres configuraciones que no se ocultaban para hacer lo que estaban haciendo. A veces era un cuerpo elástico de mujer, la carne que parecía firme y amulatada, otras era un cuerpo rígido de esqueleto, el hueso afilado y prieto. Lo mismo pasaba con el hombre, que a veces le parecía vestido de miliciano y otras no, que a veces lucíale amulatado y otras blanco, a veces con bigote y otras sin él, siempre entre las fronteras del hueso y de la carne. Esperancita no se atrevía a mirar del todo, pues temía reconocerlo y reconocerse, pero el constante jadear indicaba a las claras lo que estaba sucediendo. El aguacero era tan fuerte que se nublaba completamente el parabrisas y apenas se podía ver. La guagua era de tipo antiguo, de ésas que tenían un incómodo asiento alante, al lado opuesto de donde iba el chofer. Allí iba el esposo de María, aquel viejo entristecido, que le hacía vagos comentarios al chofer, el cual, como el lector ya habrá podido imaginar, era el bizco del bacalao.

Al llegar al Palacio de los Deportes ya había escampado y había una animación extraordinaria pues la ciudad se ponía así para los juicios y fusilamientos. La guagua paró en seco y la fuerte sacudida hizo que Esperancita y Pura salieran de su letargo, notando Esperancita que nadie estaba. Eso la tranquilizó, porque pensó que se trataba de un sueño. La mujer del manto, sin embargo, estaba allí, ocupando los dos asientos junto a la puerta delantera.

—Vamos, Pura, que ya hemos llegado.

Con trabajo, Pura se levantó, apoyándose siempre en la buena de Esperancita. Al llegar a la puerta reconocieron a la mujer del manto: María con el cuerpo yacente de su Hijo. Esto asustó a Pura de tal modo que por poco se cae de boca en el contén; aunque afortunadamente allí estaba Esperancita para evitarlo. La acera estaba llena de gente, y tan pronto vieron a la Madre ponerse de pie y el cuerpo yacente rodando hacia abajo por la escalerilla, hasta el pie restante de Pura la Coja, empezaron a gritar.

—¡Para los asesinos, paredón! ¡Para los asesinos, paredón! ¡Para los asesinos, paredón!

Pura se aterró, pues creyó que se le iban a tirar para arrastrarla por la pata que le quedaba. Estaba segura que la cosa iba con ella. Pero lo más extraño fue que Esperancita volvió la cabeza y vio a María en la puerta del ómnibus, no menos espantada que la propia Pura, aguantándose para no caer. Esperancita no pudo menos que tenderle la mano para sostenerla.

—¡Hijo de su Madre, paredón! ¡Madre de su Hijo, paredón! ¡Hijo de su Madre, paredón! ¡Madre de su Hijo, paredón!

La multitud era tan compacta que Esperancita creyó iba a morir aplastada. No pudo sostener a María por mucho tiempo, pues la multitud las separó como lo había hecho con Pura. Las dos cabezas maternas sobresalían, como si fueran llevadas en alto, no para ser glorificadas sino ajusticiadas. Las veía lejanas e imprecisas, pero distinguía las lágrimas y los puñales en el pecho y el grito que salía de sus gargantas.

—¡Inocente! ¡Mi hijo es inocente! ¡El no lo mató! ¡El no lo mató! ¡No lo maten! ¡No lo maten! ¡El no lo mató! ¡El está muerto! ¡El está muerto! ¿Por qué lo tuvieron que matar? ¿Qué mal hizo? ¡No lo maten! ¡El está muerto! ¡El no lo mató!

Esperancita podía escuchar los comentarios. La gente tomaba partido y pedía justicia y estaba segura que Fidel la haría, pues era juez.

—¡Ahora sí se formó! ¿Qué dirá el esbirro cuando la vea?

—Sabe Dios con qué cuento se baje.

—¡Esa Mater es una condenada a muerte!

—¿Pero tú has visto lo descarada que ha sido? ¡Declarar que es inocente!

—¿Policarpo Matasanos? ¿Mesa Blanco? ¿El asesino a sueldo del batistato? ¿Cómo puede ser?

—Cemento El Morro que tiene en la jeta.

—No hablen así. ¿Qué cosa no haría una madre por un hijo?

—¿Su hijo? ¿Pero no dicen que ése era su querido?

—¿El de esa vieja? ¡No, no, pero si podría ser su madre!

—¿La del muerto?

—La del muerto o la del vivo.

—Se han visto casos. Hay viejas pellejas.

—¡Tener el valor de afirmar que la fiera ésa es inocente!

—No hablen así. ¿Qué cosa no haría una madre por su hijo?

—Compañera, más vale que te cuides el pico, pues aquí no estamos para dejar correr bolitas contrarrevolucionarias.

—¡Oiga, señorita de oreja, las madres cubanas han sufrido mucho para andar perdonando a las madres de los asesinos!

—A los hijos de yegua hay que llevárselos de encuentro.

—¡Y a la Madre de su Hijo!

—¡Mira a la otra! ¡Esa sí tiene el corazón destrozado!

—Es una hiena. ¡A ella también deberían condenarla a muerte!
—Compañera comecandela, la Revolución es generosa y Fidel dice que no se debe matar a las yeguas por haber parido.
—¡Si no hubiera sido por el hermano!
—Dicen que le van a dar una condecoración, porque si no hubiera sido por él, el otro hubiera matado a media humanidad en la Carretera del Quemado!
—¡Cómo que allí tenía su guarida!
—¡Hasta que lo encontraron con la boca llena de hormigas!
—Menos mal.
—¡Qué paso!
—¿Y qué podía hacer? Sería su hermano, pero era un hijo de mala madre.
—Ahí tienen un caso. El mismo útero trabajó a los dos.
—Eso no lo justifica. No lo trabajaría del mismo lado.
—¡Sería culpa del Padre!
—¿El Padre? ¡Ese Señor no se metía en nada!
—¡Créete tú eso! ¡Ahí donde lo ves sabe más que la bibijagua!
—¡Tonterías! Las malas lenguas dicen que ella se los pegaba.
—Serían componendas. El sabría lo que tenía entre manos. Acuérdate que más sabe el Diablo por viejo que por Diablo.
—Precisamente, como ella era joven y bonita.
—Pero ha envejecido mucho.
—¡Claro está! ¡Con ese Hijo!
—¿Y qué dice el Padre?
—Qué en boca cerrada no entran moscas.
—¿Pero todavía no lo han mandado a matar?
—Es como el fantasma de Frankestein, que una vez creado no hay quien le meta el diente.
—¿Quién, Fidel?
—¿Oyeme? ¿Qué quiere decir ésa?
—Yo sólo decía que es un Padre desnaturalizado.
—¡Acabáramos! No te olvides que yo soy del **Comité de Barrio**. No vengas con indirectas.
—Mira, eso de Frankestein no iba con la Revolución.
—Claro, la Revolución le mete el diente a Frankestein y a Drácula.
—Y Fidel no tiene dentadura postiza.
—¿Dónde la ponen?
—En 12 y 23.
—¿Y crees que lo mandarán al paredón?
—No me cabe la menor duda. ¡No hay más que ver a la Madre!
—¡Paredón! ¡Paredón!

—¡Para el asesino, paredón! ¡Hijo de su Madre, paredón! Madre de su Hijo, paredón!

Los gritos eran indefinidos y no se sabía exactamente a quiénes iban dirigidos, unificándose la idea en el concepto amurallado del «paredón». Quisiera o no, nadie le preguntó, Esperancita fue arrastrada también hacia el interior del Palacio de los Deportes, con tan buena suerte que la tiraron en primera fila, para que presenciara el espectáculo en un lugar privilegiado.

El espectáculo le pareció sencillo. Todas las galerías del Palacio de los Deportes estaban llenas de multitudes enardecidas que gritaban. La multiplicidad se unía en la secuencia rítmica de «¡Paredón, paredón!» como si todos formaran la unidad.

En el centro del auditorium pudo distinguir un punto rojo, fijo, preciso, inmóvil, que era el acusado y que ella identificó mentalmente como el hijo de Pura la Coja y que tenía la peculiaridad de un doble perfil, mirando ambos en direcciones opuestas. Hacia un lado estaba María, en la misma posición de siempre, cubierta ahora totalmente por un manto rojo sangre. El Hijo estaba cubierto, pero en la acostumbrada posición yacente. Hacia el otro lado había una figura yacente también, que ella supo muerta, y que aparecía cubierta por un manto rojo en el regazo de Pura la Coja; la ausencia de la pierna era fácilmente perceptible. Finalmente una figura vertical, también en rojo: otra cabeza duplicada por dos perfiles.

Por un instante todo pareció natural y se dispuso a seguir el espectáculo.

Entonces fue cuando presenció Esperancita un sencillo cambio de unidades corporales. El cuerpo de Pura la Coja se descorporeizó y Esperancita vio claramente como ésta se desintegraba y atravesaba el espacio para ir a anidar en el cuerpo de María, ya que en ella estaban los dolores comunes de ambas madres. El cuerpo de Pura quedaba sin vida. Pero el de María a su vez se desvitalizó, atravesó el espacio y anidó en el cuerpo de Pura, dándosela. Este fenómeno duró todo el tiempo que transcurrió el juicio y no se hacía exteriormente palpable, sino que eran efluvios que solamente Esperancita era capaz de ver. Los cuerpos flotaban en el aire trasladándose del uno al otro. Por otra parte, no debemos olvidar el cuerpo yacente del Hijo en el regazo de la Madre, ni el cuerpo vertical del Hijo en estado acusativo ante el crimen del hermano. De pie estaba pues el Hijo de la Madre, al mismo tiempo que doblemente yacía. A esto unamos el cuerpo del acusado, que miraba desesperado e inútil hacia ambos lados. Por este motivo, el cuerpo del Hijo muerto se descorporeizó en el cuerpo vertical del hermano. Por razones semejantes e idéntico proceso de desintegración, el cuerpo del Hijo vertical se desvitalizó para ir a ocupar el cuerpo doblemente yacente del Hijo. Durante todo el juicio el espacio se llenó de las radiaciones lumíneas de tales cuerpos que iban constantemente de un lado para otro. Esperancita los veía un tanto fascinada por el colorido de la percepción, como si se tratara de un adelanto mecánico de su aparato óptico, que ella tenía y no otros. Por la misma razón, la culpabilidad que había en uno se transformó en la culpabilidad del otro así como su inocencia. El fenómeno radioactivo no sólo iba de un Hijo a otro Hijo, sino que se trasladaba a un tercero y acababa dando lugar a la unidad. Las radiaciones saltaban pues de la víctima al acusado y del acusado a la víctima, del acusado al acusador y del acusador a la víctima, y todos formaban un círculo infinito de radiaciones. Los cuerpos pasaban constantemente de unos a otros. La situación era, sin embargo, destructiva, porque el acusador seguía acusando al acusado (que era un modo de acusarse a sí mismo), la madre de la víctima seguía pidiendo venganza (que era un modo de volver a matar a su hijo), la madre del acusado seguía pidiendo clemencia (que era un modo de dejar inmune el crimen de su hijo), la madre de uno acusaba a la otra (que era un modo de acusarse a sí misma), un hermano pedía la muerte del otro (que era un modo de matarse a sí mismo). Es decir, la multitud y unidad visual eran acompañadas por la contradicción sonora. La multitud pugnaba con la unidad, que era la fuerza intrínseca, el fenómeno único de la Madre y el Hijo.

Todo esto lo miraba Esperancita con la mayor naturalidad del mundo. Le parecía que no había nada raro en ello y se dio cuenta que tal fenómeno había sido presenciado por ella desde mucho antes. El proceso que había vivido se iluminó y contempló a la gente que estaba a su alrededor. Todos parecían gritar «¡Paredón, paredón!» en un estado de enloquecedor fanatismo que terminaba en sangrienta y contradictoria inutilidad. De pronto empezó a percibir radiaciones múltiples procediendo de cada cuerpo, como si cada cuerpo se desintegrara en líneas de puntos que avanzaban y formaban unidades desintegradas de colores transparentes. Pero creyó que aquello era demasiado, que aquel lugar no iba a poder contener aquellas imágenes múltiples que atronaban pictóricamente. El sonido empezó también a desintegrarse y ella temió una explosión. Le parecía que todo iba a resultar de una imposibilidad física final.

Por eso salió, comprendiendo que todas las unidades del espacio estaban rotas, sin alarmarse ya de ninguna futura desintegración.

Era inevitable que tomara la ruta 10, la que iba para Jacomino, aquél nombre que desde siempre la había estado buscando.

Jacomino era un barrio pobre situado en las afueras de La Habana y las más variadas versiones se cuentan sobre este lugar. Según los partidarios de Carlos Pío, el progreso de la barriada se inició años atrás cuando la Primera Dama que nació por aquellas partes, tuvo el gesto de piedad de construir el Hospital de Jacomino para salir nuevamente en el fotograbado del Diario de la Marina. El éxito de la empresa fue grande y eso le conquistó a Carlos Pío medio Jacomino. Algunos niegan, sin embargo, la existencia de dicho hospital, y nos parece razonable, ya que acontecimientos bien distintos tuvieron lugar después. Según ciertos peritos, Batista convirtió el hospital en cuartel, llenándolo de armas y municiones que iban a ser usadas contra Fidel en la Sierra. Esta versión ha sido negada repetidamente por los batistianos, que afirman que lo que hizo Batista con el susodicho hospital fue transformarlo en Escuela Politécnica, trasladando el hospital para La Habana del Este, nueva barriada modelo que se desarrolló mucho durante la dictadura. La llegada de la Revolución crea versiones más confusas todavía, ya que al acrecentarse la división entre la gran familia cubana (como todos saben), aumentó la consabida lucha tribal entre padres e hijos y de hermano contra hermano (que es la historia bíblica de Simplicio Duplicado). Las versiones han sido tan divergentes que es imposible sacar ninguna luz sobre el asunto. En el exilio se dice que el hospital de Jacomino, símbolo del progreso de la medicina cubana durante la era republicana y una de las glorias hospitalarias de América que sólo podía compararse con el Walter Reed de Boston, había sido primeramente transformado en centro de adoctrinamiento y alfabetización marxista-leninista adonde, bajo pretexto cultural, fueron llevadas y encerradas todas las peupúteatas de la calle Colón, en parte para hacerles un buen chequeo médico y hacerlas utilizables en los centros de recreo para milicianos combatiendo a las guerrillas contrarrevolucionarias del Escambray; en parte para hacerles un buen lavado de cerebro adjunto al intestinal, que las convirtiera en alfabetizadas, adoctrinadas adoctrinadoras, castas descastadas. Finalmente, el hospital se cayó a pedazos (que es como decir que se lo comió la mierda), convirtiéndose en almacén de «polvos y desperdicios». Los cubanos en el exilio dicen que «quien se acuerda de los buenos tiempos de Jacomino» y ven la oscura barriada iluminada con los foquitos de colores que pone el sueño. Algunos afirman que el otrora populoso Jacomino pasó a mejor vida y le pasó lo que a Hiroshima cuando le dejaron caer la bomba. Otros más optimistas afirman que las familias de muertos de hambre que en la localidad había se trasladaron a Miramar, apoderándose de las casas de los acaparadores de la manteca —hoy trabajadores a destajo en las factorías de Miami y del Norte despiadado y brutal—, no faltando el caso que allí naciera algún «contrarrevolucionario» gestado y gesteado bajo la influencia burguesa del jarrón chino dejado en un palacete de Miramar. Así las cosas, es imposible llegar a una conclusión sobre la existencia del hospital (o sobre la existencia de Jacomino), y en particular sobre sus condiciones en el momento en que la pata de Esperancita que estaba en el estribo se juntó con la otra que ya había llegado a la acera.

—¿En qué puedo servirla, compañera? —le preguntó un miliciano bizco.

Era una planicie completamente blanca, brillante, calcinada, y Esperancita tuvo que taparse los ojos porque la luz la cegaba. El sol había dejado una mancha redonda que todavía veía en la oscuridad de la pupila y tuvo la sensación de haber desembarcado en Hiroshima.

Vio entonces un escudo formado por dos montañas en la lejanía, cubiertas de nubes blancas, y debajo un barco de vela que navegaba en una ría. De un lado se veía un tren y del otro una palmera.

El bote iba o venía del mar y el tren iba o venía del centro de la tierra, donde había una cavidad oscura. El bote iba o venía del sol, que también tenía una luz cegadora. El tren iba o venía de un pedazo de tiempo. Tanto cegaba lo uno como lo otro. La palmera y las montañas estaban fijas, porque representaban una isla en el mar. El tren se iba y el bote también, sin saberse hacia dónde o de dónde, y los dos decían: «Adiós para no volver».

Sin embargo, siempre volvían y no se cansaban de repetir lo mismo, haciendo lo contrario de lo que afirmaban.

Era una pesadilla que constantemente se repetía.

El otro escudo tenía una llave en el agua y con ella Esperancita abrió una puerta que daba al mar. Se metió en él y se ahogaba, pero siempre acababa sacando la cabeza y podía respirar.

Nunca supo hacia donde iba el agua de la ría.

Con los ojos cerrados todavía, trató de orientarse. Había una calle ancha y recta que iba desde el otro lado del puente hasta la estación de ferrocarril. Ella había vivido hacia la parte opuesta, con su madre, en una casucha de madera en la misma calle de que hablamos, 10 de Octubre, y que iba desde el barrio pobre de La Panchita hasta la estación de trenes. Tenía que pasar los Jesuitas, el colegio de niños fistos, y seguir y cruzar el puente. Desde allí se veía el Rincón Martiano con la cabeza encajonada de Martí mirando el agua, un tanto sucia, del río. La calle seguía y pasaba por Los Helados de París, La Esquina del Ahorro, El Suizo, Los Buenos Días, e iba a parar en la estación de ferrocarril, que interrumpía y que estaba allí como punto de partida. Era, sin embargo, punto suspensivo.

—¿Adónde vas, compañera?

—Me voy para La Habana. Me voy para no volver. Ya no puedo seguir viviendo con mamá. ¡No me entiende! ¡Me hace la vida insoportable! Ella, que ha tenido sus cosas y que por eso estamos donde estamos...

—¿Y por qué no tratas el asunto con tu padre?

—¿Para qué? El tiene lo suyo... Además, nunca se ha ocupado de nosotras...

—El te debería ayudar. Ustedes no tienen la culpa de nada.

—Chico, mira, no me quiero quedar.

—¿Y Juanelo no ha querido reparar lo que hizo?

—El no hizo nada. Yo tuve tanta culpa como él. A un gustazo un trancazo.

—Muchacha, no seas descarada.

—¿Porque digo la verdad? Mira, no le guardo rencor. Sólo le pedí que me pagara el pasaje para irme para La Habana.

—Acabarás mal, Chucha.

—Acabaré como todo el mundo.

Y le dio la espalda. Ya estaba montada en el tren cuando vio a Esperancita que llegaba al andén.

—¡No te vayas, Esperancita! Por lo que más quieras. Todo lo arreglaré con mamá.

Las lágrimas de su hermana la conmovieron, pero no se dejó llevar por ellas.

—¿Y qué quieres que haga? ¿Lo que tú? ¿Lavar y planchar para afuera toda una vida para algún vago que sólo ande buscando el café con leche? ¡No, Cacha, no lo voy a hacer! ¡No cuentes conmigo! Me voy para La Habana aunque tenga que acabar en la calle Colón.

El tren pitó hacia el progreso y Esperancita quedó empequeñecida en el andén, siempre lavando y planchando, siempre haciéndole café con leche a Juanelo. Este la estaba esperando detrás de una carretilla y la atrajo hacia sí en un recoveo, sobándola toda de arriba a abajo, como si fuera un inspector de la propiedad. Ella le debió haber dado una galleta, pero no lo hizo. Nunca debió conformarse con las sobras que le dejaba Esperancita. Esperancita había tenido razón y se vio también ella, como si le hubieran tomado una fotografía y se hubiera quedado fija para siempre, o como si en el juego de las estatuas ella siempre quedara en la misma posición.

—¿La pasa algo, compañera? —preguntó solícito el miliciano.

—No, no compañero, es que vengo a ver a una amiga mía que está en el hospital.

—¿En qué hospital, compañera? ¿En el Lenín?

Esperancita no sabía qué decir.

—Ha... de... ser... ése... mismo...

No lo era cuando la Primera Dama pasó a verla y las sacaron retratadas en el fotograbado del Diario de la Marina. ¡Qué mujer tan amable! Ella siempre enseñaba esa fotografía con cierto orgullo, porque la Primera Dama había sido muy gentil y la había tratado como a una verdadera amiga, una conocida de siempre. La recogida que había hecho el capitán de la demarcación, el cabo ascendido Lomberto Toledano, había sido ejemplar. A todas las habían llevado al Hospital ¡de la Caridad! y la Primera Dama había hecho conmovedoras declaraciones respecto a los planes de reforma: «Todas las chicas acabarán haciendo calceta y es posible que algunas intenten coger los hábitos» —sin especificar de qué tipo—. En aquel tiempo Esperancita vino a verse y lloraba a mares, porque se empeñaba en decir que aquello era una vergüenza. Ella trataba de convencerla de que eran gajes del oficio y que otros trabajos eran más peligrosos porque había gente que perdía la mano si la cogía la maquinaria. Pero para Esperancita seguía siendo una vergüenza.

—Pero el Hospital Lenín, antiguo Columbia, está en La Lisa, compañera —siguió explicándole el compañero—. Y el Calixto García, hoy Prudencio Guerra, está donde estaba antes el Mercado Unico. ¿De qué hospital está hablando usted?

Ella no se atrevió a decir su nombre.

—De uno que antes llamaban de Jacomino.

—Pero eso sería hace mucho tiempo, compañera. Además, yo soy del campo.

—Entonces voy a dar una vuelta, para ver si lo veo.

—Pero tenga cuidado, compañera. Porque por ahí tiramos a la gente que no respira.

No recordaba exactamente, porque la habían traído en la jaula y no se veía para afuera. Al principio las trataron a cuerpo de rey y ella la pasó bien con los enfermeros y los médicos, que eran unos tipos simpáticos de bigotico. Todos los días la llevaban a rezar en la capilla, que era la del Sagrado Corazón y que estaba a la vuelta de la esquina. Eso sí lo recordaba. Allí se encontraba siempre con «la otra», que se pasaba la vida rezando bajo la imagen de la Virgen del Perpetuo Socorro.

—Pero, hermana, ¿por qué te pones así y lo coges tan a pecho?
—Es que no me acostumbro. No puedo aceptarlo.
—¡Total! No hay gran diferencia. Mamá...
—No te atrevas a decir nada de mamá...
—¡Cómo soy la oveja negra de la familia...!
—¿Y qué van a hacer cuando las saquen de aquí...?
—¡Vete tú a saber! A algunas ya las han dado de alta. Cacha ha tenido una suerte tremenda, pues un mediquito que la puso como nueva le ha puesto un pisito en Belascoín. ¡Suerte que tienen algunas! —tosió e hizo una pausa para coger aire—. ¿Y a ti cómo te va? ¿Todavía lavas y planchas para afuera?
—¿Es que puedo hacer otra cosa?
—¿Y a... como se llame ése... le sigue gustando el arroz con picadillo con plátanos maduros fritos?

Dejó de irla a ver. Hasta que un día dejó de salir la Primera Dama en el fotograbado de la Marina y a Carlos Pío le dieron el golpetazo del ido de marzo. Entonces todo volvió a la normalidad y la cabra tiró al monte.

Pero el cuerpo estaba minado y el batistato la dejó sin fuerzas.

Esa fue la época en que le empezaron los accesos de tos, y por las noches, cuando Pancho la dejaba sola y en vela, Esperancita podía escuchar a Chucha y a Juanelo, jadeantes los dos, ella evitando a duras penas que la tos interrumpiera la delicia. Hasta que no pudo más y el médico decidió ingresarla en el hospital de Jacomino.

—Chucha, ¿qué va a ser de mí?
—No te preocupes, Esperancita. Tan pronto como te recuperes volverás a las andadas.

Pero ella sabía que no iba a volver, porque estaba completamente desmejorada.

—¿Y qué será de Juanelo?
—¿Por qué te preocupas por él? No te ocupes, que él sabrá arreglárselas como es debido.

Así fue, como predijo Esperancita.

—Mira, Chucha, te presento a Cacha —le dijo Juanelo la primera vez que metió a Cacha en el cuarto.

Esperancita se sublevó de tal modo que les tiró la puerta en las narices. Y lo triste del caso fue que cuando visitó a Cacha en el hospital, ya lo sabía todo. Alguien le había ido con el cuento.

—¡No me lo tienes que decir!

Lo peor del cuento era que el propio Pancho... o como se llamara... se escabullía algunas noches para acostarse con ella. Cacha, a quien le remordía la conciencia, tuvo que contárselo antes de morir.

Todas estas cosas venían al cerebro de Esperancita mientras buscaba en vano el hospital de Jacomino. ¡Y pensar que se había agitado tanto por cosas que hoy le parecían pequeñeces! Grau, Carlos Pío, Batista, el propio Fidel Castro, todos desfilaban como figuras repetidas y superpuestas. ¡Tantas angustias por llegar a Jacomino y ahora que estaba allí, no sentía ni frío ni calor! ¡Todo le importaba un comino!

Estaba a punto de darse por vencida y dejar a un lado la búsqueda del hospital, cuando en una torre un tanto destruida, ruina de una muralla, por una ventana de piedra que tenía las gruesas balustradas de una cárcel, una voz la llamó como un quejido y una mano blanca se destacó entre las sombras, como si fuera una paloma.

—¡Cacha, Chucha, Esperancita!

La mano tenía un pañuelo blanco que a veces parecía teñido de sangre. Era un adiós y un saludo. Era una despedida y un encuentro. Las puertas se abrieron y los cirios iluminaron la catedral y todo se elevó en un majestuoso cántico. Ella no lo podía creer... Y sin embargo, sabía que nada tenía que ver con Dios, sino que intuía que era una forma monumental construida por los hombres y vuelta indestructible por los poetas. La mano blanca la llamaba y ella la veía en lo alto, como una paloma persistente. De la paloma salía un chorro de sangre que lo inundaba todo, un esputo que manchaba los altares y que corría hacia el mar, como una ría, sobre la cual navegaba un bote, la vela blanca a veces, la vela roja otras, volando la vela sobre el mar como una paloma pura y blanca y a la vez ensangrentada y que sabía hacia adonde iba.

—¡Cacha, Chucha, Esperancita!

Esta vez era la voz de un hombre. Era un hombre que estaba metido en un muro, que era una piedra dura como un órgano que la despedazaba pero que al mismo tiempo la llevaba hacia un éxtasis lleno y vacío a la vez. ¡Al fin ya no tendría que buscarlo! Estaba allí hecho piedra y ella sintió los contactos conocidos de Juanelo y Pancho, como si las asperezas de las rocas de la muralla al frotarse sobre ella produjeran desgarramientos de la piel e infinitos caminos de sangre. Pero no podía separarse. La terrible abyección del cuerpo se prolongaría por toda la eternidad. Los esqueletos yacentes se restregaban contra ellos mismos y el orgasmo se producía como un desgarramiento del tuétano desaparecido de los huesos. La pasión cadavérica era el último residuo de la carne. Miró los ojos en las cuencas de aquél que había sido y se hundió en ellos como si se diera golpes contra un muro, que no era otro que aquél que, según dicen algunos, Dios había edificado.

—¡Cacha, Chucha, Esperancita!

La voz de ella volvía como un gemido. El pañuelo blanco se agitaba en el aire, pero el aire era espeso y no lo dejaba irse y elevarse. Pedía auxilio y una tregua que jamás le daban.

—¿No te dije que nos íbamos a ver mucho antes de lo que tú te imaginabas? —le dijo ella al verla llegar—. Y sin embargo, volverás otra vez adonde habías estado. ¡Es espantoso, es mucho más espantoso de lo que te imaginas!

Y le vino un acceso de tos acompañado de una violenta hemorragia. Agitó el pañuelo blanco y éste se tiñó de rojo, y la paloma voló sobre la cabeza. ¿Podría ser otra cosa? Era una paloma blanca que volaba y se iba y que volvía siempre, el milagro de la transformación, pero que ahora no era la de ellos, Padre, Hijo y Espíritu Santo, sino ella misma unida y multiplicada.

—¡Cacha, Chucha, Esperancita! ¡Cacha, Chucha, Esperancita! ¡Juan, Juanelo, Juanín, Pancho, Francisco, Paco, Panchín! ¡Ramona, Juana, Ferragut, Gaudencio! ¡Eustaquio, Clementín! ¡José, María, Pura, Simplicio, Duplicado! ¡Chucha, Cacha, Esperancita! ¡Esperancita, Esperancita! ¡Esperancita! ¡ESPERANCITAAAaaa...!

Cuando al fin llegó, Esperancita seguía colando.

Este libro se acabó de imprimir
el día 29 de agosto de 1980,
en el complejo de Artes Gráficas
MEDINACELI, S.A., Pi i Maragall, 53,
Barcelona-24 (España)